# VENOM
## PROTETOR LETAL

# VENOM
## PROTETOR

UMA HISTÓRIA DO UNIVERSO MARVEL
# JAMES R. TUCK
ADAPTADO DA GRAPHIC NOVEL DE DAVID MICHELINIE, MARK BAGLEY E RON LIM

© 2021 MARVEL

# OM
## R LETAL

**ns**
São Paulo, 2021

*Venom: Lethal Protector*

Esta tradução de *Venom: Lethal Protector*, publicada pela primeira vez em 2021, é publicada por acordo com a Titan Publishing Group Ltd.

marvel.com
© 2021 MARVEL

**EDITOR**
Luiz Vasconcelos

**COORDENAÇÃO EDITORIAL**
João Paulo Putini

**TRADUÇÃO**
Caio Pereira

**PREPARAÇÃO DE TEXTO**
Cínthia Zagatto

**ARTE DE CAPA**
Gabriele Dell'Otto

**ADAPTAÇÃO DE CAPA E DIAGRAMAÇÃO**
João Paulo Putini

**REVISÃO**
Gabriel P. Silva

**Equipe Marvel Worldwide, Inc.**

**VP, PRODUÇÃO & PROJETOS ESPECIAIS**
Jeff Youngquist

**EDITORA-ASSISTENTE & PROJETOS ESPECIAIS**
Caitlin O'Connell

**DIRETOR, PUBLICAÇÕES LICENCIADAS**
Sven Larsen

**SVP PRINT, VENDAS & MARKETING**
David Gabriel

**EDITOR-CHEFE**
C.B. Cebulski

**PRESIDENTE**
Dan Buckley

**DIRETOR DE ARTE**
Joe Quesada

**PRODUTOR EXECUTIVO**
Alan Fine

Texto de acordo com as normas do Novo Acordo Ortográfico da Língua Portuguesa (1990), em vigor desde 1º de janeiro de 2009.

**Dados Internacionais de Catalogação na Publicação (CIP)**
**Angélica Ilacqua CRB-8/7057**

Tuck, James R.
Venom: protetor letal
James R. Tuck [tradução de Caio Pereira].
Barueri, SP: Novo Século Editora, 2021.
272p.; il.

Título original: Venom: Lethal Protector

1. Literatura norte-americana 2. Venom – Personagem fictício I. Título II. Pereira, Caio

21-2240              CDD-813

**Índice para catálogo sistemático:**
1. Ficção norte-americana 813

Esta é uma obra de ficção. Nomes, personagens, lugares e incidentes são produto da imaginação do autor ou são usados ficticiamente, e qualquer semelhança com pessoas reais, vivas ou mortas, estabelecimentos comerciais, eventos ou locais é mera coincidência. O editor não tem nenhum controle e não assume qualquer responsabilidade pelo autor ou sites de terceiros ou seu conteúdo.

Nenhuma parte desta publicação pode ser reproduzida, armazenada em um sistema de recuperação ou transmitida, em qualquer forma ou por qualquer meio, sem a permissão prévia por escrito do editor, nem ser distribuída de outra forma em qualquer forma de encadernação ou capa diferente daquela em que é publicada e sem condição semelhante imposta ao comprador subsequente.

Alameda Araguaia, 2190 – Bloco A – 11º andar – Conjunto 1111
CEP 06455-000 – Alphaville Industrial, Barueri – SP – Brasil
Tel.: (11) 3699-7107 | Fax: (11) 3699-7323
www.gruponovoseculo.com.br | atendimento@gruponovoseculo.com.br

*Dedicado a todas as pessoas do mundo
que, apesar de todos os seus defeitos,
batalham para proteger os inocentes.*

# ALMA SOMBRIA À DERIVA

## SÃO FRANCISCO, CALIFÓRNIA

O sol havia desaparecido por trás dos altos edifícios nos arredores fazia mais de uma hora, por isso a fachada de granito lascado estava fria o bastante para fazer doer seu ombro quando ele recostou nela. A sombra afugentara o calor, mas também fornecia abrigo – um esconderijo no qual podia caçar –, por isso ele ficou ali quieto. Seu único movimento era um respirar agitado, sintoma das drogas ilícitas que o mantinham alerta, e o esquadrinhar de seus brilhantes olhos de predador.

Jimmy avistou-a quando ela virou a esquina; a saia esvoaçando em volta das pernas expostas, acenando para ele, chamando sua atenção. Era tão magra e esguia quanto o salto doze dos sapatos que combinavam com o conjunto de saia e blusa de um roxo-escuro; ela vinha apressada na direção oposta à do distrito do Teatro. Ou o encontro tinha dado errado, ou era a única de um grupo de amigas risonhas que queria tanto economizar que arriscou estacionar no Tenderloin, em vez de abrir mão da grana do manobrista.

Não fazia diferença.

Envolvendo-a com o olhar, ele a estudou, avaliando-a com toda a experiência de criminoso que ganhara ao longo dos anos. Podia apostar que ela não tinha arma – não naquela bolsa fininha que balançava junto ao quadril; menos ainda escondida naquele vestido.

Mas devia ter dinheiro.

Afastando-se da fria parede do edifício, ele pôs-se no encalço dela, determinado a alcançá-la antes que o faro de outro caçador captasse o cheiro.

••••

*Não tá muito longe.*

Uma fisgada de dor subiu pela panturrilha de Lydia, um choquinho quente, quando ela apertou o passo. Não corria – seria impossível com o par de imitações de Giuseppe Zanotti que usava nos pés –, mas andava com vigor. Eles lembravam bastante os sapatos de 1500 dólares que imitavam, mas a sensação que causavam era a das 25 pratas que a moça pagara. Podia até ouvir a irmã, sempre de sapatilha e sandália; as palavras ressoando em seus ouvidos.

*Sapatos de salto alto são projetados por homens para dificultar que as mulheres fujam.*

Se ela não olhasse por onde andava naquela calçada irregular – calçada esta deixada sem reparos por mais de uma década –, os sapatos a fariam cair no meio da rua. Então não tirava os olhos do chão, vendo bem onde pisava, recusando-se a repreender-se acerca da escolha do estacionamento. Não faria isso.

Ela não tinha condições como as da Layla, não tivera a sorte de arranjar o emprego que Maria fisgara. Tinha só aquele que pagava um salário mínimo, o apartamento para lá de caro que dividia com quatro colegas e seus sapatos de imitação de 25 dólares.

Para distrair-se, foi pensando no Tenderloin e nas histórias que o pai lhe contava, sobre como o distrito fora batizado por um delegado de polícia de São Francisco que, depois de ser transferido para lá, alegou que, com a quantidade de suborno que começara a receber, poderia "parar de comer bife sola de sapato e começar a comer filé mignon".

Lembrou-se também de ter contado essa história para Brad, o policial, em seu segundo encontro, e da resposta condescendente dele de que o Tenderloin recebera esse nome por causa dos "filés", que eram as prostitutas que trabalhavam nas ruas depois que escurecia.

Aquele foi o último encontro.

Ela olhou para cima, para ver quanto o sol já tinha baixado. Ao fazer isso, sentiu mãos pesadas envolvendo seus braços, de alguém que a agarrava por trás.

Não conseguiu pensar em nada, de tanta surpresa, quando essas mãos a apertaram com mais força ainda e a levaram para um beco da rua. Um dos saltos de seus sapatos de 25 dólares quebrou com a mudança de direção e ela tropeçou, amparada somente pelos braços da pessoa que a prendia por trás.

Estava com tanto medo que não conseguiu gritar.

· · · ·

Ele a arremessou contra a parede dos fundos do beco, agarrando a alça da bolsa quando a soltou. A alça enroscou no cotovelo da moça, fazendo-a girar, aos tropeços; ela bateu com o quadril numa caçamba de lixo, tão lotada que nem balançou com o impacto, e foi jogada com toda a força contra os tijolos do muro.

Enquanto ele abria a bolsa, ela ficou ali, congelada, de olhos fixos nele, amparada pela parede atrás de si. Ele levou alguns segundos para encontrar as duas notas de cinco e a de dez, que eram todo o dinheiro que havia na bolsa. Com uma fúria explodindo por dentro, o homem amassou as cédulas entre os dedos e mostrou-as para ela.

– Isso aqui não serve nem pra troco, moça!

Ela não disse nada, só ficou olhando para ele sob o emaranhado de cabelos castanhos ondulados grudados em seu rosto. Estava com os olhos escancarados.

Jimmy gostou disso.

– Pelo visto, vou ter que faturar de *outro* jeito! – ele rosnou para ela, apreciando o medo evidente no rosto da jovem.

Avançou e tapou a boca dela com a mão, sentiu seus dentes enrijecidos contra a palma. Tão perto assim, ele achou que podia até sentir o cheiro, o amargo metálico de terror que pairava entre os dois como ozônio, crepitando em seu nariz, incendiando suas glândulas adrenais com a pontada que sentiu por toda a lombar.

– Deu medo? – perguntou, inclinando-se tanto em cima dela que chegou a umedecer a bochecha da moça com sua respiração. – Que bom! Eu gosto de ver o medo no olhar da vítima.

Foi então que reparou que os olhos dela não estavam focados nele, mas mirando para cima, vendo algo atrás dele. Um gemido fininho escapou dos lábios dela.

– Que coincidência!

A voz ganida e sibilante veio do alto. Não era exatamente humana. A luz filtrada do sol poente foi cortada, mergulhando predador e presa nas sombras. O arrepio que percorreu a coluna dele não veio da escuridão súbita, no entanto.

– *Nós também!*

Jimmy se virou e deu de cara com a escuridão que caía sobre ele, rompida somente pela marcante figura de uma aranha branca, duas manchas pálidas como as do teste de Rorschach e dentes... dentes infinitos na boca vermelha.

A criatura era mais ou menos humana, mas era grande. Grande *mesmo*. Ela despencou ao lado dele, com todos aqueles músculos inchados cobertos por tinta preta. Filamentos dessa massa escura brotavam dos membros, como pinceladas de tinta soprada pelo vento a partir da recém-chegada criatura, que ficou ali agachada. Logo ela se pôs de pé, virou-se para o homem, e ele percebeu que aquelas manchas brancas eram *olhos*. Olhos vazios e ameaçadores em sua cabeça redonda. Olhos que flutuavam acima da boca lotada de dentes perversos.

Esses olhos acabaram com ele, esmagaram cada porção de coragem e ferocidade que as ruas lhe haviam instilado. Suas entranhas foram liquefeitas em água e seus joelhos ficaram moles feito borracha. Embora ainda não tivesse soltado a vítima, Jimmy só conseguia pensar em fugir.

Antes que ele pudesse correr, escapar, a criatura ergueu a mão e travou as garras negras em torno de sua garganta, como um colar.

– Você é desprezível! – disse ela entre dentes, enquanto o homem sentia a fisgada cortante das garras cavando seu pescoço, perfurando seu queixo; pontas afiadas abrindo a pele em ferroadas de dor que ele sentia mesmo tendo seu cérebro entrado num pânico estático e enlouquecedor. – Você e toda a sua laia...

As garras flexionaram, cavando ainda mais fundo para segurá-lo melhor. Os músculos incharam ainda mais naquele braço coberto de tinta preta, e Jimmy foi erguido no ar, com os pés balançando bem acima do solo. Ele ficou pendurado naquele braço pelo mais breve momento. Apenas um piscar de olhos. Um pensamento. Um nanossegundo passou, e ele estava em movimento.

*E rápido*.

Com um violento baque, colidiu com a parede. Um lampejo brilhante de luz branca explodiu em sua cabeça. O impacto expulsou todo o ar de seu peito, mas clareou sua mente o bastante para ele ouvir a criatura, que continuava a rosnar.

– Caçando os *indefesos*, causando só *desgraça*!

Pregado como estava na parede por aquela mão cheia de garras que esmagavam sua laringe, Jimmy viu seu mundo reduzido por inteiro à criatura – sua pele preto-azulada, seus olhos brancos, os dentes eriçados na mandíbula escancarada. Ela rugiu e sacudiu a mão que o segurava, golpeando o crânio dele no muro com uma chacoalhada bruta que o fez bater os dentes.

– Dor! – ela rugiu, sacudindo o homem mais uma vez.

Ele mal podia respirar.

– MORTE! – ela gritou.

Ele gorgolejava por trás dos dentes cerrados e escancarou ainda mais os olhos ao ver filamentos pretos brotando do braço da criatura. Espiralando, aproximando-se dele, até que acariciaram seu rosto gentilmente, e ele se lembrou dos dedos frágeis da avó, que costumava afagar sua bochecha antes de colocá-lo para dormir com uma oração.

– Você me dá *nojo* – sibilou a criatura.

Ainda engasgado, preso por aquelas garras, Jimmy sorveu uma porção generosa de ar e sentiu a garganta como se estivesse toda coberta de vidro em pó. Desesperado, ele abriu a boca para falar.

– O-o que você é? – disse, engasgando.

Aquela mão o apertou, e ele entreabriu a boca, tentando trazer oxigênio para os pulmões. Os filamentos ondulavam agitados na frente dele, como se encorajados por seu medo, alimentando-se do seu desespero. Eles foram perdendo a nitidez conforme sua visão começou a ficar turva, imersa em estática. Então os filamentos se entrelaçaram e mergulharam fundo em sua boca, serpeando até preencher suas narinas.

Um pânico bruto e primal o engolfou quando ele não pôde mais respirar. A escuridão invadiu cada cavidade, abrindo caminho para preencher os seios da face, quebrando seu esôfago ao escorregar para dentro de seus pulmões, que rasgaram como bexigas de água muito cheias.

Diante da morte, Jimmy nem teve chance de gritar.

• • • •

Lydia tentou permanecer o mais imóvel que podia.

Filamentos brilhantes se desprenderam do rosto do bandido morto, fazendo um ruído molhado e nojento, e recuaram para a pele da gigantesca criatura. Esta abriu a mão, deixando o corpo cair no piso imundo de concreto, numa pilha de carne mole. Mesmo assim, Lydia nem respirava, embora quisesse gritar.

– Acabou – disse a criatura, olhando para o defunto. – Agora você vai somente apodrecer, escorrer por riachos podres e corruptos. Vai se misturar à imundície do esgoto de...

Enfim parou. Lydia nem se mexia. Seus músculos estavam travados como os de um coelho imóvel que tenta permanecer invisível. Mas a criatura virou-se para ela e...

*Sorriu.*

– Oh. – Num tom mais agudo, sua voz soou mais humana e quase... amigável? – Perdoe-nos – disse ela. – Que *grosseria* a nossa.

O brutamontes virou-se até ficar de frente para a moça, avançando para a luz fraca e vítrea que vinha do alto, o que fez sua pele de ébano emitir um cintilar azulado.

– Olá! Nós somos *Venom*.

Lydia não conseguiu falar, não pôde responder, ainda que soubesse que era isso que o monstro... Venom... queria dela. Só conseguiu ficar ali parada, encostada na parede suja do beco, os olhos arregalados, sem piscar, vendo Venom curvar-se para pegar a bolsa dela, que jazia ao lado do corpo cada vez mais gelado de seu agressor. A alça ficou presa em alguma coisa quando Venom a ergueu; ele a soltou e colocou a bolsa nas mãos da moça.

Ela pegou por impulso.

– Pronto – disse ele. – Agora está tudo bem.

Sem tirar os olhos do monstro que tinha à sua frente, Lydia abriu o fecho da bolsa, toda atrapalhada, e fuçou lá dentro.

Venom ergueu a mão, estendendo as garras.

Ela recuou.

Ele acariciou a cabeça dela.

Uma vez. Depois outra. Como se ela fosse um cãozinho.

– Não, por favor, não precisa agradecer.

Lydia tirou o celular da bolsa. A tela tinha quebrado, em algum momento, durante a altercação. Por causa disso e dos dedos que tremiam, foram três tentativas até abrir a câmera.

Venom recuou, vendo a moça erguer o telefone bem na cara dele. As manchas brancas dos olhos se alargaram, e a boca esticou-se impossivelmente para expor cada um dos dentes muito compridos. Vazava saliva por entre as pontas afiadas feito agulhas, a qual encobriu o queixo e escorreu sobre o peito imenso.

Lydia levou um bom tempo para entender que aquilo era um sorriso. O celular disparou o *flash* quando ela tocou o botão para tirar a foto. Venom acenou.

– Você fica com uma foto do nosso lindo rosto, e nós ficamos com a recompensa que é a sua alegria. – E finalizou: – É o que basta para me fazer seguir meu caminho pulando de felicidade!

Dizendo isso, ele agachou, os músculos inchando ao longo das coxas e da lombar. Num borrão, saltou seis metros no ar para a lateral do edifício, grudou nos tijolos com suas garras e foi escalando até desaparecer de vista.

Lydia acompanhou a cena num torpor, depois deu uma olhada no celular. Com movimentos automáticos, compartilhou a imagem em suas redes sociais. Enquanto a foto de Venom começava a viralizar por toda a internet, ela viu o bandido morto a seus pés. Começou a gritar e saiu correndo do beco, atrapalhada pelo salto quebrado do sapato.

**OS ÚLTIMOS RAIOS DE SOL** fraquinhos que refletiam do Pacífico afagavam, cálidos, a pele dele enquanto se balançava por entre os edifícios. Ia se esticando em pleno ar, movendo-se como tinta sobre a água. Ao estender o braço, sentiu com gosto o puxão de um pedacinho seu que estalou das costas da mão, um cordão elástico de fio simbioticamente gerado na forma de um disparo de teia.

Ela acertou bem no alto o edifício à frente, grudando em pedra e metal. Ele virou a mão por instinto, rolando o punho suavemente, enquanto a teia se soltava, e agarrou a ponta. A gravidade o puxou para baixo e seu peso fez esticar a teia, até que ele deu um puxão forte e se lançou para o alto, traçando um arco e voando rápido por sobre as ruas lá de baixo.

Ele adorava balançar na teia.

Estende, atira, estala, agarra, balança, puxa, solta, repete.

Era muito bom.

*Ele* se sentia muito bem.

– Sim, concordo – disse em voz alta para seu Outro. Venom era um indivíduo feito de duas partes, humano e simbionte de outro planeta combinados para compor uma nova criatura. – Proteger os inocentes é mesmo muito gratificante – ele continuou.

Estende, atira, estala, agarra, balança.

Puxa, solta, repete.

– Até porque *nós* já fomos um dos inocentes – manobrou para a esquerda e fez uma curva suave em torno de uma caixa d'água –, antes daquele canalha do Homem-Aranha acabar com a nossa vida!

Balançando sobre uma rua ampla, ainda mais alargada pelos trilhos do bonde, ele soltou a teia e foi baixando, ainda falando enquanto caía.

– Você, meu caro alienígena, foi rejeitado quando tentou ligar-se a ele, tornar-se o traje vivo dele. – Foi traçando um arco, baixando rápido num ângulo em direção ao bonde que vinha percorrendo os trilhos. – Um presente que eu aceitei com gratidão!

Venom deu impulso no instante em que seus pés tocaram o teto de metal do veículo, saltou alto e disparou mais teia. Nem deu bola para as exclamações de susto dos passageiros.

– Antigamente, como Eddie Brock, eu era jornalista, e dos bons – disse ele, franzindo o cenho debaixo de sua pele artificial. – Mas isso foi arruinado pelos planos insensíveis de autopromoção do Atirador de Teias!

Balançando alto, com o impulso carregando-o por cima das coberturas, ele ficou em silêncio – ouvindo uma voz que não fazia som – e esquadrinhou a rua abaixo.

– É verdade – concordou. – Do jeito bagunçado dele, o Homem-Aranha também ajuda os inocentes. Foi por isso que nós... demos uma *trégua* no nosso ódio e viemos para cá, para a cidade em que eu nasci, a fim de começar uma vida nova.

Cedendo mais uma vez à exaltação, foi saltando de uma cobertura para outra, indo parar no topo de um antigo hotel dilapidado. Agachado na beirada do parapeito, ficou olhando para baixo. O edifício fora, um dia, coberto por uma adorável camada de gesso da cor marfim, mas boa parte tinha rachado e caído, deixando amplas manchas de tijolo exposto. A escadaria de incêndio era muito mais ferrugem do que ferro, com seus suportes quase soltos na lateral do prédio. No peitoril das janelas, a tinta descascava em longas e estreitas tiras. Seu olfato simbioticamente aprimorado captava o odor ressecado de poeira de amianto, que se elevava em cálidas correntes de ar, vindo pelo duto de ventilação da cobertura ao seu lado.

– Sim. – Ele se levantou e ficou com a ponta dos dedos dos pés para fora da beirada. – Vai ser difícil, mas enquanto tivermos um ao outro...

Venom deu um passo à frente, para fora do parapeito, em pleno ar. Como uma pedra, ele caiu, com o simbionte se moldando em torno dele, alterando-se, retraindo-se, transformando-se em roupas casuais.

Os pés de Eddie Brock tocaram o solo quase sem fazer ruído, e ele ficou ali no beco por um momento.

– ... nós vamos sobreviver.

Eddie olhou ao redor. Certo de que ninguém o vira cair do céu, saiu andando para a rua.

– Primeiro o mais importante – disse. – Alojamento.

Virou a esquina e seguiu para a entrada do albergue. O tráfego passava por ele na rua, até que um carro estacionou logo atrás.

• • • •

– Simon! – disse o policial Art Blakey, num tom firme, inclinado à frente para digitar algo no teclado do computador da viatura. – Pare o carro que vou checar uma coisa.

Simon Powell parou o carro bem perto da calçada, em frente a um albergue. Virou a chave na ignição e ficou aguardando em silêncio. Blakey tinha o costume irritante de pedir as coisas sem dar explicação, mas Powell estava habituado demais com isso para ficar incomodado. O outro pôs-se a observar as ruas, percorrendo com o olhar os moradores, ignorando os transeuntes que se reuniam nas esquinas, mas sempre de olho nos turistas que poderiam ter ido parar ali, vindos de partes melhores da cidade.

Ele sabia o que era mais importante para o delegado.

– Olha lá. – Blakey apontou para a tela quando apareceu uma foto de rosto, depois acenou para o albergue, onde um homem musculoso ia abrir a porta. O sujeito usava uma camisa regata larga e calça jeans azul. Tinha cabelo castanho-claro cortado bem curto no topo e mais comprido na nuca. – Acha que parece com o Edward Brock? – O policial tornou a olhar para a tela. – O cabelo tá diferente, mas...

– Pode ser. – Powell pôs-se a estudar a foto quando o homem entrou no albergue. – Não sei dizer, olhando daqui.

– Diz aqui que ele sumiu na Costa Leste... O delegado disse que ele podia aparecer. – Blakey foi passando a lista. – Diz que o pai ainda mora na Área da Baía. – Digitando rapidamente no teclado, foi abrindo as fotos que estavam em todo canto nas redes sociais. Venom. – Pelo visto, o Eddie percebeu que estava com saudade de casa.

Powell fez que sim.

– Melhor ter certeza antes de fazer o chamado.

• • • •

O velho lançou um olhar de esguelha para Eddie, que assinava o livro de registros. Incomodava-o a cautela, a desconfiança. O homem não o conhecia. Não tinha motivo algum para não confiar nele.

O albergue exalava o cheiro azedo de vinho barato e humanidade suja. Havia uma placa com escrita grosseira na parede de gesso gasto.

**PROIBIDO** ANIMAIS • FESTAS
MÚSICA ALTA • COZINHAR
CUSPIR • FUMAR
TIE-DYE • MOLECADA

Eddie sabia que parecia mais arrumado que os outros ocupantes que haviam rabiscado seus nomes acima do dele. Não era um sem-teto.

Bem, tinha sido, mas agora não era.

– Estamos com promoção pra cinco noites – disse o senhor, ajeitando os óculos no nariz. – Pra economizar um dinheiro.

– Não – respondeu ele. – Só uma noite, nós... – Eddie correu para cortar a frase. Seu Outro não estava à mostra, por cima da pele. Por causa disso, o velho fez careta; devia ter pensado que Eddie iria levar uma prostituta. – Amanhã eu aviso se vou precisar do quarto de novo.

A porta que dava para fora abriu-se atrás dele, e o barulho do trânsito veio rolando da rua. Ele não se virou, só continuou assinando o nome. A assinatura mudara ao longo dos anos; ficou mais elaborada quando o simbionte acrescentou uma longa linha que riscava daqui para lá e rodopiava sobre si mesma. Tinha assinatura própria, supunha Eddie.

Alguém falou alto atrás dele.

– Mantenha as mãos onde a gente possa vê-las, meu chapa! Só queremos te perguntar umas...

Eddie virou-se e olhou para trás. Dois policiais flanqueavam a porta, ambos com pistolas empunhadas. Um deles – um cara de bigode – estava com a arma apontada para Eddie.

Eddie deixou a caneta cair no chão, a seus pés.

– Minha nossa! – disse o policial. – É-é ele *mesmo*.

– V-você está preso, Brock – o outro tira mirou a arma em Eddie também –, por assassinato.

Dentro de Eddie, seu Outro se agitava, ainda sem quebrar o disfarce, mas vibrando sob sua pele. Ao perceber a ameaça, ele quis explodir para fora, rasgar os dois invasores ao meio, dar cabo da ameaça que representavam, rápido e decisivo. No entanto, não fez nada, ficou ali dentro – porque era isso que Eddie queria.

Mesmo assim, a raiva fervilhava dentro dele.

– Nem mesmo aqui – murmurou – eu tenho paz.

Os policiais nem piscavam. A tensão no hotel vagabundo chegava a ser palpável conforme o potencial para violência avolumava-se como uma tempestade em formação. A mão do Bigode tremia, e ele apertava cada vez mais o dedo no gatilho para firmá-la.

Esquivando-se num giro, Eddie projetou os ombros e, nesse movimento, lançou as mãos para os dois policiais. O simbionte rolou para fora, cobrindo os punhos, espalhando-se por seus braços e envolvendo-os com uma tintura cor de ébano. Teias brotaram de seus punhos e dispararam por toda a sala em arcos longos e fluidos, atingindo as armas com um ruído gosmento. Elas envolveram as armas e as mãos que as seguravam, embrulhando-as em camadas de membrana firme e grudenta antes que um único tiro pudesse ser disparado.

– Não queremos fazer isto – disse Eddie, conforme o simbionte espalhava-se por seu peito. – Sabemos que vocês só estão fazendo o seu trabalho, e um bom trabalho.

O simbionte negro fluiu por todo o seu rosto, encobrindo as feições com o sorriso de dentes compridos e as manchas brancas que eram os olhos. Os policiais ficaram pasmos e horrorizados com a transformação, entrelaçados a Venom pelos filamentos inquebráveis de teia esticados entre suas mãos e as dele.

– Isso nos machuca. – Venom girou os braços, enrolando a teia nas mãos cheias de garras. – Quase tanto quanto machuca vocês!

Com um mínimo esforço, ele puxou, abrindo bem os braços, tirou os policiais do chão e arremessou cada um para um lado. Bigode colidiu com a parede e ficou inconsciente com o impacto. O parceiro foi parar na escadaria, caiu de cara e ficou ali deitado, resmungando.

– Ah, e antes que eu me esqueça... – soltando a teia, Venom foi até o balcão e inclinou-se para o recepcionista, a língua obscena de tão comprida escapando da boca e o cuspe pingando do queixo – ... cancele o quarto.

O senhor engoliu em seco e pareceu ter mijado nas calças.

– P-p-pode deixar!

Venom virou-se e olhou para os policiais, mas nenhum dos dois se mexia, então ele seguiu para a saída. Cruzando o cômodo em dois longos saltos, atingiu a porta e saiu ruidosamente para a rua. A calçada estava lotada de gente, e vários transeuntes olharam para ele, boquiabertos, vendo-o espiar os arredores, resolvendo para qual direção ir. Uma mulher agarrou o marido pelo braço e apontou.

– Buster! O-o que é isso?

– Ei – disse Buster, erguendo o celular. – Eu o vi no *60 Minutos*! É um cara maluco aí... Chamam ele de Venom. Acho que ele está mancomunado com o Homem-Aranha.

*Tem gente demais.* Venom agachou, tenso. *Temos que sair daqui.* Os músculos das pernas dele flexionaram-se como molas de aço, e ele saltou, ganhando os ares e lançando uma teia para fugir. Atrás de si, ouviu o clicar de alguém tirando foto com o celular.

– Babs, amor – disse o homem –, isso aqui vai pagar pelas nossas férias!

## MANHATTAN, NOVA YORK

– Belas fotos, Pete.

Peter Parker esfregava o cheque entre os dedos. Um cheque. Somente J. Jonah Jameson ainda dava cheques de papel. Peter não sabia se o editor fazia isso para ater-se a seu dinheiro o máximo que podia ou se apreciava o inconveniente que ter de depositar um cheque significaria para as pessoas que ousavam lhe tomar alguns dólares.

Conhecendo aquele chato rabugento, deviam ser os dois.

– Obrigado, Ben. – Peter olhou para o repórter que tinha falado. – Fiquei contente que Robbie tenha comprado. Estou precisando do dinheiro. *Não que seja suficiente pra pagar as contas, mas é quase.*

Ben Urich estava sentado numa mesa com a tela aberta na página do *Clarim Diário* – o jornal para o qual ambos trabalhavam. Outra parte da tela mostrava o site da *United Press International*, e ele clicou num link.

– Uma pena o Venom não ter reaparecido por aqui – comentou Urich, assistindo a um vídeo através da parte inferior de suas lentes bifocais. – As fotos dele sempre vendem.

– É, eu... Venom? – Peter virou-se subitamente quando assimilou as palavras. – Que tem ele? Onde ele está?

Urich maximizou o vídeo, que preencheu a tela. Eram imagens tremidas de uma figura escura e musculosa vista por trás, balançando para a frente.

*Com uma teia.*

Urich clicou em outro link – agora, o site de uma rede social popular. Ali ele localizou uma série de fotos, granulosas e muitas delas borradas demais para discernir. Ainda assim, não havia dúvida com relação a quem aparecia nelas.

*Venom.*

– Acabou de aparecer – disse Urich. – Um turista fez um vídeo de Venom em São Francisco, depois de um incidente com a polícia local. Vendeu pra UPI. Uma mulher, que disse que ele a salvou de um assaltante, tirou as fotos. – Lendo o relato, o rapaz formou no rosto uma expressão sinistra. – O cara foi encontrado morto num beco – disse e acrescentou: – Pelo visto, agora o Brock é problema de outra pessoa.

– Ah, certo – disse Peter, meio absorto, olhando para a tela. Ele se endireitou e meteu o cheque no bolso. – Olha, Ben, tenho que ir... A MJ tá me esperando.

Peter deu meia-volta e acenou por cima do ombro quando Urich murmurou um tchau. Cruzando o saguão do décimo sétimo andar do edifício do *Clarim Diário*, foi tomado por pensamentos e lembranças que rodopiavam em sua mente.

*Venom.*

*Eu queria mesmo saber pra onde ele tinha ido.*

Em vez de deixar o prédio, no entanto, entrou por um corredor lateral que levava para o arquivo morto original – uma sala cavernosa rodeada por estantes de metal que guardavam cópias físicas do jornal datadas desde sua criação, em 1898. Estava sozinho – ninguém mais visitava o arquivo morto, não quando todas as edições tinham sido digitalizadas e ficavam disponíveis na rede da empresa. Velhos hábitos não esmorecem, no entanto, e o que ele realmente queria era privacidade para pensar. O cheiro suave de toda aquela papelada antiga sempre o acalmava. Em todos os anos desde que começara a tirar fotos para o *Clarim*, Peter vivia procurando aquele lugar.

Só que, naquela noite, o ambiente não ajudou muito. Sua mente estava agitada demais para que a gentil aromaterapia do passado surtisse efeito.

*Agora que sei onde ele está, o que vou fazer?* Peter foi passando pelas fileiras de volumes amarrados. *Afinal, de certo modo, eu sou responsável pela existência dele.* Seus pensamentos foram parar numa época remota, anterior a Venom.

• • • •

O Homem-Aranha e muitos dos heróis da Terra encontravam-se em outro planeta, presos em uma guerra impossível. Seu traje tinha rasgado e fora substituído por um tecido preto que respondia a todos os seus pensamentos.

Ele achava que se tratava de um uniforme.

*Um uniforme muito, muito legal.*

Pensando agora, deveria ter desconfiado de que era bom demais para ser verdade. Não demorou muito, entretanto, para descobrir. Não era um tecido inteligente – o uniforme era uma *criatura viva*. Um simbionte, um alienígena que tentava enxertar-se nele, unir-se a ele.

Para sempre.

A lembrança terrível causou-lhe um arrepio. Jamais se esqueceria da sensação de ter aquela coisa dentro da *cabeça*. Peter lembrou-se das maneiras com que ele e seus aliados tentaram remover o simbionte, da dor excruciante causada pelo esforço do alienígena em manter-se preso a ele, recusando-se furiosamente a soltar. Finalmente, descobriram o ponto fraco da criatura – o som. Numa ironia do destino, foram os toques esmagadores dos sinos de uma catedral que acabaram libertando Peter de seu companheiro parasita.

Tudo indicava que o alienígena estava morto.

Entretanto, ainda não fora seu fim. No fim das contas, Peter conseguiu conectar os eventos que puseram Eddie Brock na história. Brock era repórter de um jornal rival, uma estrela em ascensão cujo jornalismo investigativo revelara a identidade de um assassino em série.

*Até que, como Homem-Aranha, eu capturei o verdadeiro assassino.* Tão rápido quanto aumentou, a sorte dele desabou. Brock perdeu tudo. Foi demitido do *Globo*, e nenhum outro jornal quis contratá-lo. A esposa, Anne, pediu o divórcio, ele entrou em depressão, e o tempo todo culpou o Homem-Aranha por sua ruína. Imerso em pensamentos suicidas, procurou consolo numa catedral.

*A mistura específica de raiva e desespero de Eddie deve ter sido como uma luz na escuridão*, pensou Peter. Naquele local de culto, as emoções agitadas de Brock atraíram o ávido simbionte, que se regozijou ao odiar um inimigo em comum, e juntos eles se tornaram a criatura conhecida como Venom.

*O único inimigo que não consigo detectar com meu sentido aranha.*
*Um inimigo que sabe minha verdadeira identidade.*

Sentado na quietude do arquivo morto, Peter foi se lembrando das muitas vezes em que Venom tentara matá-lo, aterrorizando as pessoas que ele amava. De um modo todo deturpado, o inimigo mantinha um código de honra; alegava preocupar-se com os inocentes. No entanto, Peter não podia ignorar as pessoas que Brock matara – desde civis a guardas da Gruta, a prisão em que fora retido. Durante seu mais recente encontro, a ex-mulher de Brock quase se tornara mais uma dessas vítimas, mas fora salva pelo Homem-Aranha.

– Dizem que você é maluco, mas você nunca foi tão burro.

Essas palavras, ditas pela esposa de Brock, deixaram-no estarrecido. Confrontado com a verdade inegável – de que o Homem-Aranha também protegia os inocentes –, Venom concordara em estabelecer uma trégua.

– Você não vem atrás de mim, e eu não vou atrás de você...

O rosnado sibilante de Venom voltou-lhe à memória, tão aparente em seus pensamentos que quase pareceu que seu inimigo monstruoso estava ali, sussurrando em seu ouvido. Se tivera outra escolha era algo que Peter se perguntara centenas de vezes. Quanto tempo levaria até que Venom matasse alguém importante para sua vida? Mary Jane, tia May... Por meio da memória do simbionte, Brock sabia de todas elas.

*O que eu podia ter feito diferente?* Entretanto, lá estava ele mais uma vez, contemplando as mais recentes proezas de Venom. Outra cidade, outra costa, mas o mesmo número de vítimas. *Brock é seriamente perturbado e é um assassino. Será que algum dia vou ficar com a consciência tranquila se eu não tentar capturá-lo... apesar do que pode me custar na minha vida pessoal?*

Peter sabia a resposta. Sacou o celular, clicou no número e esperou que ela atendesse.

– Alô, Mary Jane? Pode arrumar a mala pra mim, amor? Aconteceu uma coisa, e tenho que ir à Califórnia. – Antes que ela pudesse perguntar, ele disse: – Eu te explico melhor quando chegar em casa.

## DESERTO DO MOJAVE, CALIFÓRNIA

Calor.

Frigideira, forno, lava, inferno... Não importava que palavra se usasse para descrever, estava muito *quente*. Contudo, forno parecia a mais adequada, com o vento ruidoso que a açoitava, sem cessar, arrancando cada grama de umidade de seu corpo. A língua parecia ter se transformado em papelão dentro da boca.

Mas ela continuava correndo.

Um clarão perpassou sua visão no canto do olho, e ela mergulhou e rolou por cima dos arbustos rasteiros, ignorando os galhos duros que a cutucavam. Os projéteis perfuraram a terra bem onde ela estivera antes da manobra. Um drone passou de rasante, emitindo um zumbido agudo, e fez a curva no alto para dar outra investida.

Ela estava de joelhos, cavando o solo perfurado do deserto, raspando-o com os dedos. A terra arranhava a pele deles, arrancando sangue que era absorvido imediatamente pela poeira de sílica.

O zumbido do drone foi ficando mais alto.

Os dedos dela encontraram o que procurava.

Da terra, ela tirou uma das balas disparadas. O projétil repousou pesado no centro de sua palma, quase cinco gramas de chumbo amassado pelo impacto em um chumaço disforme.

Pelo zumbido, o drone estava perto – tão perto que o vento trazia aos ouvidos dela o clique-clique do sistema de mira do robô, que se preparava ao aproximar-se.

Agindo rápido, ela tirou os cadarços das botas e rasgou a porção inferior de sua camiseta verde-oliva, obtendo algo como um quadrado. Trabalhando com muita pressa, deu nós nas pontas do pano quadricular, depois os envolveu com os cadarços, formando uma cilha. Enquanto se levantava, depositou a bolinha de chumbo no fundo de sua eslinga improvisada.

O drone baixou, aproximando-se dela, que começou a girar a eslinga por cima da cabeça.

*Não se mova. Quieta. Quieta.*

O drone foi chegando.

*Mais perto.*

Ela tinha um disparo. *Apenas um* disparo.

Se desse um passo que fosse para qualquer lado, o drone ajustaria a rota de voo e ela erraria o tiro.

Projéteis inundaram o ar quando o drone começou a atirar. Mesmo assim, ela ficou firme, brandindo sua arma, ajustando o ritmo, esperando pelo momento certo enquanto o drone voava em sua direção. Balas que eram como zangões irritados rasgavam o ar a seu redor.

*Quase...*

*Quase...*

*Agora!*

Ela lançou a bolinha de chumbo, perdendo-a de vista no mesmo instante naquele ar quente e fulgurante.

A bola acertou o alvo. O drone sacudiu violentamente, e suas armas travaram quando os circuitos em seu interior entraram em curto devido ao dano causado. O treco fez uma curva brusca e se enfiou na terra, erguendo uma nuvem de poeira.

O zumbido cessou.

Donna Diego desamarrou os cadarços de sua eslinga, colocou-os de volta nas botas e pôs-se a caminho do drone em chamas, que soltava fumaça sobre as areias do deserto.

• • • •

O edifício de concreto quase não aparecia acima da superfície do deserto, enterrado a fundo para evitar ser notado – e evitar o calor. O homem parado em frente viu-a emergir da miragem causada pelas ondas que levitavam da areia. Ele usava um terno escuro, todo fechado e arrumado, como se fizesse um dia de outono em Paris.

– Não entendo como você consegue usar essas roupas nestas temperaturas, Sr. Drake – ela resmungou; a garganta como um punho cerrado, tamanha desidratação.

Ele a estudou com calma, reparando nos músculos aparentes, torneados pelo treinamento intenso, e na determinação tão evidente no rosto queimado pelo vento. Também no par de metralhadoras que ela tinha nas mãos, arrancadas do drone.

Ele riu.

– É questão de prática, Srta. Diego.

Ela mostrou as armas.

– Quer pegar de volta? Eu usei pra dar cabo dos outros passarinhos que você mandou pra me pegar.

Ele apontou para a esquerda do abrigo.

– Não, pode colocar ali, na areia.

Donna deu alguns passos e arremessou as armas do drone desmontado. Elas voaram num grande arco e pousaram no solo, fazendo um barulho agudo de metal contra metal. À sua esquerda, outras quatro figuras apareceram no horizonte, vindo em direção a eles, e ela quis imediatamente recuperar as armas descartadas.

– Vem vindo alguém – disse, olhando para trás.

Carlton Drake parou ao lado dela.

– São Carl Mach, Leslie Gesneria, Ramon Hernandez e Trevor Cole. São os únicos, além de você, que conseguiram completar o desafio.

As silhuetas foram ficando mais definidas, parecendo-se mais com humanos, mesmo em meio àquela atmosfera ondulante e desfocada.

– O que houve com quem fracassou?

– Isso... não te interessa – disse ele. – Quem fracassa não importa mais. Para este projeto, procuramos apenas os melhores entre os melhores.

Ela soltou um assovio. Tinham começado o teste, naquela manhã, com sessenta pessoas.

– Só cinco pessoas vão bastar?

Carlton Drake sorriu.

– Vocês cinco podem dar um jeito no mundo, Srta. Diego.

## SÃO FRANCISCO, CALIFÓRNIA

Passara a noite no telhado de uma padaria. Ele raramente precisava dormir e acabava de acordar, nas primeiras horas do amanhecer, envolto pelo cheiro de pão e massa. O ombro doía um pouco por estar recostado contra um parapeito, mas a dor se dissipou quando o sol da Califórnia o aqueceu por debaixo da jaqueta de couro.

Que não era uma jaqueta de verdade.

Seu Outro, o simbionte, transformava-se em qualquer tipo de roupa em que Brock podia pensar, e, naquela noite fresca, uma jaqueta estilosa de motoqueiro e calça jeans eram o conjunto que lhe viera à mente. Ele não ordenava ao simbionte que tomasse a forma de um modelo específico – a criatura apenas captava o desejo de seu subconsciente. Essa conexão fervilhara dentro de seu cérebro desde o momento em que os dois se ligaram, uma sutil interface empática que desafiava a lógica. Uma comunicação tão íntima quanto essa lhes permitia funcionar como uma entidade única quando estavam na forma do Venom.

Ainda assim, Eddie sempre se flagrava conversando com o simbionte. Em voz alta.

– Tenho de admitir – disse ele, caminhando por uma trilha no parque Del Río, tomando o cuidado de falar baixo. Não havia ninguém por perto, embora ouvisse o murmurar de vozes ao longe. – Estou me sentindo meio perdido. Você nasceu em outro planeta. Tem desculpa pra estar sozinho, mas eu cresci em São Francisco e agora não consigo nem alugar um quarto aqui sem acabar preso! – Ele sacudiu a cabeça, inconformado. – Eu...

O simbionte atiçou uma imagem do subconsciente dele e a trouxe para Eddie, para que visse em sua mente.

– Hmm? – Foi o som que veio do fundo de sua garganta. – Contatar meu pai? – disse ele, e a voz passou disso para um rosnado. – Jamais! A última coisa que vou fazer é pedir ajuda àquele monstro sem coração.

A imagem esvaneceu quando o simbionte se aquietou. Diante dessa ausência, Eddie parou e ficou pensando.

– Não. Vai nevar no inferno no dia em que eu for atrás dele, mas... – disse ao Outro e a si mesmo: – ... mas e aí?

Ele tornou a caminhar. Seus pés raspavam o concreto áspero, e as árvores encobriam a trilha, variando entre olmos, palmeiras e os fícus mais baixos. Eddie mergulhou em reflexão.

O som das vozes foi ficando mais alto.

– Sem carreira, sem o Homem-Aranha pra destruir, sem ambição... – disse ele, mas não concluiu a frase, sem saber para onde seguir com aquela ideia.

Assimilando as consequências de sua situação, encostou numa das árvores. Gaivotas voavam em círculos acima dele, e ele reparou num grupo de homens e mulheres, jovens e idosos, que usavam roupas esfarrapadas e sujas, reunido em torno de um monte de carrinhos de compras lotados de coisas.

– Podemos acabar como aqueles pobres sem-teto ali – concluiu –, empurrando nossas parcas posses em carrinhos de mercado de abrigo em... o quê?

Cerca de meia dúzia de pessoas aproximou-se do grupo. Eram homens grandes metidos em ternos baratos – não do tipo que se vê nessas barracas, mas que se tira da caçamba de um caminhão. Mal ajustados e feitos de uma mistura barata de poliéster, amontoavam-se em juntas polpudas e remendavam-se em dobras brilhosas ao longo dos ombros largos. Os homens foram até os moradores de rua, uma verdadeira bolha de violência em potencial.

Eddie podia identificar um bandido a cem metros de distância.

Aqueles bandidos estavam bem mais perto.

• • • •

Tom do Vietnã ajeitou-se, apoiado em seu carrinho. Não era velho o bastante para ter servido no Vietnã – não, ele adquirira seu estilhaço no Kuwait, na Operação Tempestade no Deserto, mas "Tom do Kuwait" não pegou quando ele finalmente desistiu do sistema que se recusava a tratá-lo como ser humano e foi parar nas ruas. Lá, os sobrenomes acompanhavam lado a lado os primeiros nomes, e as pessoas escolhiam codinomes, apelidos, epítetos e alcunhas. Então ele já nem lembrava mais desde quando passaram a chamá-lo de Tom do Vietnã.

Tom perdera muito da pessoa que um dia fora, mas não tinha perdido tudo. Sua percepção situacional – gravada em seu DNA no campo de treinamento – permanecia intacta, e nesse momento ela soava o alarme. Um bando de homens de terno aproximava-se do grupo dele.

Eles haviam se juntado ali para partilhar as novidades e informações do dia, extraídas das ruas. Engajados como estavam na conversa, os demais não viram a ameaça que se aproximava. Quando os recém-chegados deixaram a trilha e começaram a cruzar por cima da grama, em sua direção, ele se posicionou o mais firme que pôde e travou as mãos na frente do carrinho.

– Problemas à vista – disse.

Só podia ser Treece.

Elizabeth ergueu o rosto e soltou uma exclamação, fazendo o jovem Timothy agarrá-la pela mão. Nathaniel, sempre à procura de encrenca, agachou para ficar na defensiva. Algumas pessoas empurraram seus carrinhos para os arbustos, e toda a conversa cessou – toda, a não ser por Space, que estava voando para Júpiter dentro de seu cérebro bagunçado. Ele só continuou murmurando algo para si mesmo.

Tom ergueu o rosto e firmou a postura, usando o carrinho para se proteger. Seria atingido primeiro. Suas pernas não funcionavam direito desde que o estilhaço o tirara de ação em Medina Ridge. Correr não fazia mais parte do seu repertório, então ele se preparou para o tranco.

Ainda não estava pronto quando foi tomado pela violência.

O primeiro golpe o acertou entre os ombros, derrubando-o para a frente, em cima do carrinho. Ele não soltou, mesmo sem poder enxergar nada além do clarão de dor que cegava seus olhos. Aquele era o carrinho dele. *Dele*. Que tinha resgatado de um mercadinho e tomado conta, conduzido por toda a cidade de São Francisco por quase uma década.

Era.

Seu.

Carrinho.

Tom do Vietnã não largaria dele a não ser que aqueles homens o matassem.

Seus olhos começavam a clarear, e ele tentava arrastar os pés para debaixo do corpo, para ficar ereto. Os outros bandidos passaram correndo por ele, indo atrás dos seus amigos, mas o que o acertara ficara para trás, pronto para mais punição.

Tom tinha uma garrafa de vinho quebrada em seus pertences, que guardava para se proteger. Era toda denteada, muito afiada e ficava aninhada entre um fardo de plástico de uma garagem abandonada e um par de botas que não lhe servia, roubado de uma construção. Ele jamais sacaria a garrafa, no entanto, a não ser que fosse para matar.

Seria aquele o momento de fazer isso?

Ainda era dia. Havia pessoas por perto, aproveitando o parque. Aqueles caras não usariam força letal. Talvez ele levasse uma surra, mas não seria morto – não ali, não debaixo do sol. Não, a garrafa não era uma opção.

Então um golpe que pareceu ter sido de um martelo acertou-o na nuca, e por um segundo ele se viu no deserto, sendo atingido pela granada que o mandara de volta para casa, para uma cama de hospital. Houve tanta força no golpe que os pés dele perderam contato com o solo, e ele caiu, tombou o carrinho, e todos os seus pertences se espalharam sobre o concreto.

A garrafa quebrada estilhaçou-se com um ruído agudo de vidro estourando.

Em meio à dor pulsante que afligia seu corpo, deitado como estava sobre os fragmentos do que fora sua única defesa, ocorreu a Tom que talvez tivesse errado em sua avaliação da situação. E ele começou a rezar para não ser morto ali, debaixo do sol.

– A gente avisou vocês pra encontrarem outro lugar pra montar residência. – O homem agachou, falando por entre dentes cerrados. – Agora a gente vai te dar um lugar pra ficar... O hospital! Ouvi dizer que eles servem comida molinha lá. – Ele ergueu Tom do Vietnã pela lapela do casaco, erguendo o punho para cumprir com o que dizia. – Você nem vai precisar mais dos dentes!

Tom fechou os olhos, esperando pelo soco. O agressor ergueu-o e depois o largou, resmungando, o que o fez cair com tudo na calçada. Tom ficou ali deitado, confuso, e abriu os olhos para encontrar uma nova pessoa na cena.

O cara segurava o bandido pelo ombro. Era um rapaz grande, com músculos que indicavam que ele treinava. Sua jaqueta parecia absorver a luz do sol, sem um pontinho de lustre em lugar nenhum.

– Deixe-os em paz – disse o homem.

O bandido recuou, libertando-se.

– Ah, cara, você cometeu um erro.

Num instante, o bandido levou a mão para debaixo da jaqueta e, quando puxou de volta, tinha uma robusta pistola semiautomática.

O outro só ficou ali parado. Não se mexeu, a não ser para fechar o punho.

*A jaqueta dele tá... derretendo?*

– Eu não – disse o recém-chegado.

Filamentos de um material preto e oleoso percorreram a manga da jaqueta e encobriram seu punho cerrado. A voz dele mudou, baixando para um profundo rosnado gutural, e ele avançou para agarrar a arma e a mão do bandido.

– Mas você, sim.

Perante os olhos de Tom, todo o braço do homem foi coberto de preto, dedos tornaram-se garras; uma escuridão interrompida somente por uma mancha branca nas costas da mão. Essa mão flexionou, e houve um estalo molhado de alguma coisa esmagada, seguido por um grito de revirar o estômago.

Tom saiu de fininho, enquanto mais daquela tinta preta subia pelo colarinho da jaqueta e por cima dos cabelos do homem, consumindo toda a cabeça dele.

• • • •

SPURT!

O Homem-Aranha voou alto, lançado por cima do muro que separava o parque da cidade e a rua. Objetos altos ficavam bem mais afastados em São Francisco, então ele ajustou sua técnica para compensar a diferença. Era algo novo, mas familiar, e rapidamente pareceu-lhe natural.

Balançando por entre as árvores, ele o fazia em piloto automático, permitindo que sua mente avaliasse o problema de encontrar Venom.

Fazia horas desde que seu avião pousara. Usando suas credenciais do *Clarim Diário*, ele descobrira que Brock dava entrada num hotel quando fora avistado. O hotel ficava na área conhecida como Tenderloin, mas o procurado já havia desaparecido muito tempo antes.

*Não tem onde ficar*, Peter concluiu. *Sem um quarto de hotel, Eddie ainda deve estar na rua. Sua melhor aposta para se misturar será um abrigo, ou ficar no meio dos moradores de rua.* Uma checada rápida nos abrigos revelou que a foto de Brock já havia sido distribuída, então aquela não era mais uma opção. Entretanto, um trabalhador, no último abrigo, sugerira que ele desse uma olhada nos parques locais.

Com um clima ameno quase o ano inteiro, surgiam acampamentos em alguns espaços públicos. Os dois primeiros não deram em nada, então lá estava ele, no parque Del Río, não muito longe do Mission District. Puxando com força a teia, o Aranha voou para o alto, por cima de umas árvores, e passou por uma fonte. Coberto da cabeça aos pés com seu traje vermelho e azul, não sentiu as gotinhas de água ao atravessá-la. Não muito ao longe, viu crianças se divertindo num parquinho luxuoso; seus gritinhos de alegria alcançavam os ouvidos dele. Traçando um amplo arco pelo ar, foi analisando o solo em busca de qualquer sinal de Eddie Brock.

*Até agora, nada...*

Dois ruídos altos que lembravam muito um gigante batendo palmas fizeram o Homem-Aranha dar meia-volta e mudar de rota. Tinha ouvido aquele som muitas vezes na vida – era inexoravelmente o mesmo em cada canto do país.

*Tiros!*

Com o *spurt* de mais um disparo de teia, ele se balançou na direção do barulho.

*Mesmo que não tenha nada a ver com o Venom, é melhor eu ver se posso ajudar.*

• • • •

Um bandido loiro, forte como um jogador de futebol americano, lançou-se contra seu oponente, envolvendo os braços grossos e musculosos em torno da cintura dele. Venom tinha acabado de nocautear outro bandido, que caiu rolando no chão, e segurava um terceiro em pleno ar, com o rosto envolvido por fitas de simbionte. O homem gorgolejava, em pânico, e metia as unhas nos filamentos, mas não adiantava.

– Olha, um abraço de urso! – exclamou Venom quando sentiu o aperto do fortão. O golpe não surtiu efeito, e ele foi ao chão feito uma boneca de pano. – Quem sabe, quando eu terminar com esta barata, eu devolva o abraço... até você explodir!

Abruptamente, Venom foi desequilibrado e soltou um grunhido alto. Seus oponentes estavam espalhados ao redor como bolinhas de gude lançadas por uma criança irritada. Com a velocidade de um trem de carga, o Homem-Aranha colidiu com a criatura de ébano bem entre os ombros, metendo nela os pés. Venom cambaleou para a frente, mas não caiu.

– Puxa! – disse o Homem-Aranha, quicando para trás com a força do impacto. – Ontem foram policiais, e hoje são esses caras. Quem são eles? FBI? Serviço Secreto? – Peter pousou com agilidade no solo e agachou, para então continuar o movimento e arremessar-se como uma britadeira. – Eu devia ter imaginado que você ia voltar a ser como antes. – Ele disparou uma série de golpes tão rápidos que nem deu para ver, e com os punhos foi arrancando aqueles dentes obscenos de tão grandes, que voaram pelo ar e foram cair no chão. – Toda aquela história de proteger os inocentes – disse com irritação – não passava de papo furado!

O simbionte vacilou sob o ataque, fervilhando por cima de seu hospedeiro em ondas de escuridão e reparando os danos assim que lhe eram infligidos.

– Mas você não vai ter outra chance, Venom. – O Homem-Aranha deu mais um soco. – Isso acaba agora.

Uma mão preta entrou em ação, conteve o punho e o prendeu ali. Firmando-se no solo, mantendo o punho do outro refém sob o seu, Venom atacou, entrelaçando-se ao traje do Homem-Aranha e puxando-o para perto – tão perto que o outro viu quando os dentes que tinham sido arrancados nasceram de novo num piscar de olhos. Era uma imagem das mais surreais, como algo criado por efeitos digitais.

– Você não devia ter vindo aqui – rosnou Venom. – Nós tínhamos um *acordo*.

Antes que o Homem-Aranha pudesse responder, Venom prosseguiu.

– Discutiremos sua traição mais tarde – disse, entre dentes. Seus braços vibravam, e era como se ele estivesse tentando controlar a raiva. – Por ora, tem uma coisa que você precisa saber. Esses cavalheiros que você supõe que são "agentes da ordem"... – Com um aceno da cabeça, ele apontou para os agressores. – *Não são!*

• • • •

Por detrás da máscara, o Homem-Aranha sentiu subitamente uma pontadinha familiar – seu sentido aranha enviando um alerta.

*Isso não é possível*, pensou ele. *O Venom não...*

– Pega ele! – alguém gritou, interrompendo seu pensamento.

No momento seguinte, estourou uma barulheira de tiros que preencheu o ar. Venom soltou o oponente e saltou para o lado, para perto de um grupo de moradores de rua mais próximo. O Homem-Aranha saltou em direção aos homens que faziam disparos contra ele, escapando da linha de fogo. Atrás dele, as balas mastigaram o solo, no ponto onde pouco antes estivera, como um enxame de zangões irritados.

*Que maluquice*, pensou, furioso. *Os caras de terno estão tentando me matar, mas o Venom não?* Logo estava no meio dos bandidos maciçamente armados, distribuindo uma saraivada de socos e pontapés, derrubando os agressores no chão e arrancando as armas de suas mãos. Era como um furacão vermelho e azul, e os demais, meros guarda-sóis numa praia.

Driblando um soco, ele desviou da mão que passou por cima de sua cabeça e lançou o punho para o alto, acertando o agressor bem nas costelas. O homem foi erguido do chão, rolou no ar feito um barril e derrubou alguns dos outros que estavam perto. Firme no solo, o Cabeça de Teia gingou o pé para o lado, colidindo solidamente com o bandido loiro, grande o bastante para ser jogador de futebol americano. Sua habilidade de grudar-se conectou-o ao homem, sola ao peito. Ele torceu os quadris e o homem foi com tudo para o chão, metendo o queixo no concreto.

*Tenho um zilhão de perguntas pra fazer*, pensava o Homem-Aranha enquanto se esquivava de mais um voleio de tiros, *depois de garantir que os irmãos Uzi aqui não vão dar fim a um zilhão de transeuntes inocentes.* Num giro, ele disparou a teia, que grudou na arma de um bandido, e depois a jogou na cara do homem.

Mais dois chutes arremessaram outros dois bandidos ao chão.

Quando o sentido aranha crepitou em sua pele, ele se virou e encontrou um último de pé, lhe apontando uma Uzi de verdade. Dois saltos facílimos depois, o Aranha metia nele um poderoso chute circular. O cara voou para trás e foi ao chão, e sua arma parou longe.

*Pronto! Esse foi o último.*

Após avaliar o cenário para ter certeza de que não havia mais ameaças imediatas, disparou teia suficiente para cobrir as armas que jaziam no chão, prendendo-as ali até que a polícia chegasse. Feito isso, ele parou e soltou um suspiro de cansaço.

*E agora...*

Uma escaneada na área.

*Ah, saco*, pensou, exasperado. *Eu viajo quase cinco mil quilômetros pra procurar uma agulha no palheiro, e realmente* encontro *a danadinha, e acabo voltando pra estaca zero.*

Os moradores de rua tinham sumido.

*Venom* tinha sumido.

Tudo que restava ali eram os bandidos nocauteados e um pequeno grupo de espectadores, que se aproximava cautelosamente. Dava para ouvir sirenes ao longe.

*Onde é que o Venom foi parar?*

# 6

## PORTLAND, OREGON

O noticiário ficava cortando a imagem da âncora – uma mulher bonita, aparentemente mantida assim com precisão cirúrgica. Cenas de pessoas fazendo coisas terríveis umas com as outras o acalmavam, após toda uma vida guerreando. Quatro anos de aposentadoria, depois de mais de vinte anos no exército, e o general Orwell Taylor ainda não se sentia um civil.

Não sem o filho.

– Isto acaba de chegar de São Francisco...

Ele olhou a tela de cinquenta polegadas para ver o belo rosto da âncora e novas imagens aparecendo atrás dela, que o deixaram atordoado. O Homem-Aranha, em toda a sua ridícula glória, enfrentando a monstruosa criatura conhecida como Venom.

– Finalmente! – Pegando o telefone com uma mão pesada e calosa, ele prosseguiu: – A vingança é minha, disse o Senhor.

O homem digitou um número conhecido somente por um punhado de gente. Ouvindo o toque do telefone, pegou uma foto de um rapaz bonito e sorridente, de uniforme, com a bandeira norte-americana ao fundo. Poderia ser o próprio general, em sua juventude. Pôs-se a falar para a foto do filho, como costumava fazer sempre:

– Em breve, Hugh, muito em breve, a vingança justa será nossa também.

O toque cessou quando alguém atendeu à ligação.

– Líder de esquadrão Elkins? – disse Taylor, num tom seco. A resposta foi um resmungo. As palavras seguintes foram faladas com autoridade e não deram o menor espaço à insubordinação. – Reúna seu pessoal. Alvo à vista.

7

## DEBAIXO DO PARQUE DEL RÍO
## SÃO FRANCISCO, CALIFÓRNIA

– Impressionante...

O ar estava frio e seco no caminho por onde passavam. Tinha aquele cheiro limpo e vívido de terra revirada, que pinicava os pulmões. O que fazia sentido, considerando que o túnel que percorriam fora cavado na própria terra. Ela os circundava por todos os lados, desde o solo de concreto firme sobre o qual caminhavam até as paredes que formavam um arco, seis metros acima de suas cabeças.

Não havia muita luz com que contar, apenas o bastante para distinguir traços faciais, mas isso não o incomodava e não parecia incomodar mais ninguém no grupo também. Havia cinco deles, dos moradores de rua do parque.

– Eu nunca teria suspeitado de que o poço do esgoto levaria a qualquer outro lugar além do... bem... do esgoto – disse Eddie, tentando enxergar, sob a parca luminosidade, a única mulher do grupo.

– Isso aqui faz parte do nosso Santuário, Sr. Brock – ela respondeu, olhando para ele, mas sem parar de andar, ainda de mãos dadas com o menino que ele presumia ser filho dela. Havia certa semelhança: mesmas sobrancelhas, mesmo nariz, mesmo queixo. – E o mínimo que podemos fazer é partilhar com alguém que foi tão altruísta e veio ajudar alguns desconhecidos.

*Sim*, disse uma voz na mente dele. *Altruísta*.

– Vocês são malucos ou só *burros* mesmo?

Atrás deles, um jovem magricela que usava um cachecol comprido e sujo, que ondulava em volta dele feito uma flâmula ao vento, exaltou-se e jogou os braços para o alto.

Os outros pararam de andar.

O rapaz apontou para Brock.

– Ele é o *Venom*, um doido que usa um monstro do espaço no lugar das roupas. Como é que vocês puderam pensar em mostrar pra ele o nosso...

Tom do Vietnã deu um passo à frente.

– Já chega, Nathaniel – disse ele, interrompendo o rapaz. – Se ele vai ficar ou não, não depende de você, de Elizabeth, nem de mim, na verdade. O Conselho é que vai decidir, e vamos obedecer ao que eles definirem.

Nathaniel ficou olhando feio por um bom tempo, até que aquiesceu. Brock percebeu que ele não tinha se conformado, mas o rapaz não representava ameaça. Não muita.

– Olha – disse Brock. – Fico contente de poder ajudar e *muito* contente por nenhum de vocês ter sido morto, mas quem eram aqueles caras?

– São capangas do Roland Treece – disse Tom do Vietnã. – Ele é um figurão que vem tentando tirar a gente desta área há meses. Por que, ninguém sabe – Tom do Vietnã pareceu um pouco hesitante ao falar, Brock achou –, mas o cara parece determinado.

– Shiiu! – sibilou Elizabeth, puxando o menino para perto. – Esse barulho!

Um tremular grave rastejou pelo piso prensado até eles. Uma vibração sinistra que não parecia passar da altura dos joelhos. Conforme ficava mais forte, Brock teve certeza de que era de natureza mecânica. Logo deu para ouvir também. Nada produzia aquele retinir surdo exceto aço contra aço.

Como o badalar de um sino.

Só de pensar nisso, já ficou arrepiado.

Elizabeth aproximou-se.

– Tem alguma coisa no túnel, lá na frente.

*Não brinca*, pensou Brock, mas não disse em voz alta.

O som foi aumentando até que estava em todo canto. Então, abruptamente, uma luz inundou o túnel. Um foco de luz branca que pairava a muitos metros do chão. Depois outro e mais outro.

– Oh, meu Deus – gemeu Elizabeth. – Escavadores!

– Mas o que...? – resmungou Brock, retraindo-se, com a vista se recompondo até revelar duas máquinas corpulentas que possuíam vaga forma humanoide.

Com pés amplos e pesados projetados para garantir estabilidade, elas mais pareciam gigantes curvados, de braços quase arrastando no chão e as costas perto de raspar no teto muito alto do túnel. Os braços estavam repletos de itens que deviam ser ferramentas. Envoltos pelo que pareciam ser placas pesadas de aço, os brutamontes estavam mais para tratores do que para robôs.

– Máquinas de Treece, com mais mercenários dentro – disse Elizabeth, apontando para a porção superior do torso. Ambos os Escavadores tinham cabines de acrílico que protegiam pilotos claramente visíveis. Os homens que manobravam as máquinas. – Ele os manda para os túneis pra procurar por nós, mas nunca tinham nos encontrado.

Brock abriu caminho para passar.

– Fiquem atrás de mim. Voltem por onde viemos – ordenou. – Quem sabe se não agirmos com ameaça, eles não...

O impacto o tirou do chão quando o Escavador mais próximo meteu uma das pinças em seu peito. Ela o envolveu pelo tronco como um torno, ergueu-o no ar e tentou esmagá-lo num monte de carne. Uma voz metálica e estridente saiu dos alto-falantes acoplados ao torso do robô:

– Finalmente peguei um de vocês, seus vermes nojentos.

Pendurado naquela pinça, Brock tentou recuperar o fôlego. Se fosse um humano que acabara de sair de fábrica, seus ossos teriam se partido feito gravetos com o ataque do Escavador. Tão certo seria que teria morrido, e mais uma vez ele se sentiu grato por ter seu Outro, contente por eles terem se encontrado todos aqueles meses antes.

*Pra fora...*

*Isso*, Brock concordou. Ele sabia que os homens dentro das peças mecânicas pretendiam machucar os inocentes. Mas aqueles não sabiam que ele era especial. Como poderiam? Atacaram-no pensando que era como qualquer outra pessoa. Frágil. Que se quebra. Humano.

*FORA...*

O simbionte fervilhava dentro do cérebro de Brock no instante em que o Escavador ergueu o outro braço, revelando toda uma sorte de instrumentos que revolviam, *clique clique clique*, até que um aparelho projetou-se para fora e travou no lugar. A ponta brilhava; uma pirâmide retorcida de lâminas que começou a girar fazendo um zumbido estridente.

– Tá vivo ainda, hein? – O homem dentro do robô tornou a falar. – Bom, a gente dá um jeito nisso... Minhas brocas de diamante vão te abrir que nem uma truta.

O braço avançou, com as lâminas giratórias de diamante cintilando perigosamente sob a baixa luz.

Brock apenas relaxou.

Sombras e luz entrelaçadas emprestaram uma sensação de caos à cena quando o simbionte rastejou para fora pelos poros dele e o cobriu com um negrume denso. Suas roupas se transformaram, fundindo-se à gosma. Músculos que já eram impressionantes incharam, crescendo, ficando maiores e mais densos. O volume e a biomassa acrescentados traduziram-se em força e energia, que percorreram todo o corpo dele. Os dentes que brotavam ao longo da mandíbula pinicavam ao organizar-se em seu lugar, como uma fileira de espetos.

Espetos longos como dedos e afiados o bastante para rasgar a carne.

A língua esticou e rolou para fora como um pegajoso chicote rosado. Pingava saliva dela, brandindo como fazia ao redor do rosto. Quando o Outro cobriu toda a cabeça dele, a transformação foi concluída.

– Truta? – disse Venom, atacando a broca de diamante. – Na verdade, nós preferimos linguado.

Onde ele atingiu, a broca estilhaçou-se, desabilitando também as demais ferramentas. Algumas lâminas estouraram para fora e voaram até bater nas paredes rochosas do túnel. O metal entortou para dentro, dobrando e se enrolando em nós de destruição. O robô se contorceu como se o homem nele pudesse sentir o ferimento.

– Minha nossa! Q-que diabo é isso?

Venom meteu as mãos nas hastes da garra e flexionou, aplicando toda a sua força contra os mecanismos hidráulicos. Com um guincho de metal torturado que ecoou pelo túnel, um dos pistões hidráulicos estourou sob a incrível pressão de sua força incrementada pelo simbionte. Um fluido frio jorrou sobre seu tronco numa imitação macabra de sangue. Uma das hastes da garra caiu, ainda conectada, e ficou pendurada, balançando na articulação.

Quando Venom ergueu-se, decidido a arrancar o piloto da cabine, uma agonia ardente espalhou-se por suas costas, fazendo o simbionte partir ao meio, deixando sua pele exposta para uma linha de fogo líquido. Uma pele muito humana foi escalpelada, crepitando como carvão em meio às chamas de uma fogueira. A dor intensa do ferimento tornou o pensar impossível, e Brock não teve mais forças para segurar-se na garra quebrada. Despencando da haste partida do robô, ele ouviu o outro Escavador atrás de si.

– Não sei por que – disse o homem –, mas esse laser de corte conseguiu mexer com esse troço nas costas dele.

Venom caiu no chão se contorcendo. A queimadura em suas costas doía até os infernos. O fogo era uma de suas fraquezas, e o calor intenso do laser de corte, pelo visto, era forte o suficiente para causar sérios danos. Uma vez que se viu livre do raio, entretanto, o simbionte encobriu a faixa de pele fumegante, acalmando a dor e reparando o estrago.

Venom fungou.

– Churrasco? – disse, contente por estar inteiro mais uma vez. – Achei que íamos comer peixe. – Ele sacudiu a cabeça, vertendo baba da boca cheia de presas. – Deixa pra lá, acabou a hora do lanche. – Num salto, ele atingiu o Escavador que o queimara. – Vamos brincar!

O robô vacilou sob a força do ataque, depois tombou por completo quando Venom o empurrou até o chão. Agachado em cima do monstro mecânico, ele se viu logo acima da cabine, espiando pelo acrílico. O condutor, lá de dentro, olhava para ele estupefato, olhos esbugalhados, boquiaberto.

– Peguei! Tá com você!

Venom meteu o punho no plástico, e a placa rachou com o golpe. Através das manchas brancas de Rorschach que eram seus olhos, encarou o homem no interior do robô. A saliva que pingava de suas presas escorria pela superfície transparente. O homem tinha as mãos erguidas, como se para conter o oponente.

– Que foi? – Venom provocou. – Já cansou? – Ele se inclinou para mais perto da placa, pressionando a superfície com a mão cheia de garras compridas. – Então quem sabe podemos ajudar você a tirar uma bela...

Filamentos negros brotaram de seus dedos como cobras.

– Longa...

Os filamentos, ondulando, foram encontrando brechas nas rachaduras.

– Soneca.

O piloto afastou-se mais para trás, afundando no banco, como se tentasse passar *através* dele para escapar dos hediondos filamentos, que, como minhocas fininhas, insinuavam-se pelo para-brisa rachado, entrando na cabine.

– Meleca preta vaz-vazando pela rachadura – disse o homem num tom estridente, que saiu pelos alto-falantes do Escavador. – Harlan, m-m-me ajuda!

O outro robô aproximou-se a passos pesados, surgindo atrás dos combatentes.

– Talvez essa lâmina de som possa...

A voz foi cortada quando o túnel foi preenchido por um pulsar agudo, de tom tão vívido que fez o ar crepitar ao longo de seu trajeto.

*DOR! Dordordordor...*

Uma explosão de ondas ultrassônicas projetadas para soltar a terra e facilitar o trabalho do Escavador atingiu Venom e engolfou seu corpo em vibrante energia sonora. O efeito foi instantâneo. Ambos, homem e simbionte, se contorceram em pura agonia muda.

Venom arqueou tanto as costas para trás que parecia que nem tinha coluna. Filamentos do simbionte ondulavam a seu redor como obscenas serpentinas de festa. Ele tombou para trás e colidiu com o piso do túnel em um impacto que teria matado um ser humano normal.

– Uau! – exclamou Harlan, aumentando o ritmo sem cessar o ataque focado em seu alvo. – A rajada sônica está dando resultado – comemorou. – Parece que ele está sofrendo horrores.

– Então segure ele aí.

Com um rangido de metal danificado, o segundo Escavador ergueu-se sobre os pés. O piloto manobrava o braço da garra, que elevou para o alto.

– Vou esmagar esse engraçadinho maldito até virar polpa.

Movido pela hidráulica, o pesado braço baixou e acertou Venom com tanta força que nacos de concreto e pedra explodiram do piso debaixo dele. O robô ergueu o braço para aplicar outro golpe esmagador.

Sem aviso, as rachaduras no chão do túnel se espalharam, rastejando sob os pés do gigante mecânico e se expandindo. Quando o braço hidráulico golpeou uma segunda vez, o piso desapareceu.

O piloto gritou quando a gravidade o sugou para baixo.

Então sumiu a luz. Apenas vagamente ciente de seus arredores, Venom flagrou-se em queda livre na escuridão.

Os gritos do operador do robô cessaram subitamente quando Venom atingiu o fundo e o Escavador caiu com tudo ao lado dele. Acima, uma abertura denteada de claridade indicava de onde os dois tinham caído. Conforme sua visão foi se ajustando, Venom percebeu que havia luz também onde os dois estavam, e um objeto tomou forma.

*Um poste de iluminação.*

– Harlan? V-você pode me ouvir? – disse o homem no robô. – Eu tô bem. O Escavador aliviou o impacto. – Com os rangidos de protesto da hidráulica, ele pôs o robô sentado e virou, desajeitado, para olhar ao redor. No mesmo instante, avistou Venom. – Pelo visto, a meleca preta fez o mesmo pelo engraçadinho.

O Escavador levantou-se e foi pisando firme em direção a seu oponente largado no chão, enquanto o piloto continuava a falar:

– Ele tá todo molenga. Tonto demais pra se defender.

Os braços daquele exoesqueleto continuavam intactos. Um deles prendeu um atordoado Venom ao solo, prensando-o firme com sua garra de aço, enquanto uma broca de diamante, no outro membro, começou a girar fazendo um zumbido estridente.

– Vou abrir uma narina nova nesse vagabundo.

Ainda cercado por filamentos serpeantes, com seu revestimento simbiótico em farrapos, Brock encarou o piloto através do visor da cabine.

– Seu babaca vingativo! – ralhou ele com o homem. – Olhe ao redor... Isto aqui é mais importante que a sua sede de sangue!

Congelado onde estava, o piloto virou a cabeça mecânica do exoesqueleto para poder contemplar os arredores.

– Oh... meu... Deus...

Havia prédios banhados por luz de lamparinas – tijolos e pedra totalmente intactos, com a aparência de terem mais de um século de idade. Pessoas os observavam de passarelas, acima deles, com choque e admiração estampados em seus rostos. Brock estava deitado numa rua de paralelepípedo; ali perto, uma carruagem guiada a cavalo estancou com o condutor tentando de tudo para controlar o animal que a puxava. Mais ao alto, mal dava para enxergar as paredes da caverna, que se estendiam para cima até desaparecer na escuridão.

– Nós não atravessamos o piso podre de um túnel – disse Brock. – Nós atravessamos o tempo!

# GUERRA E PEDAÇOS

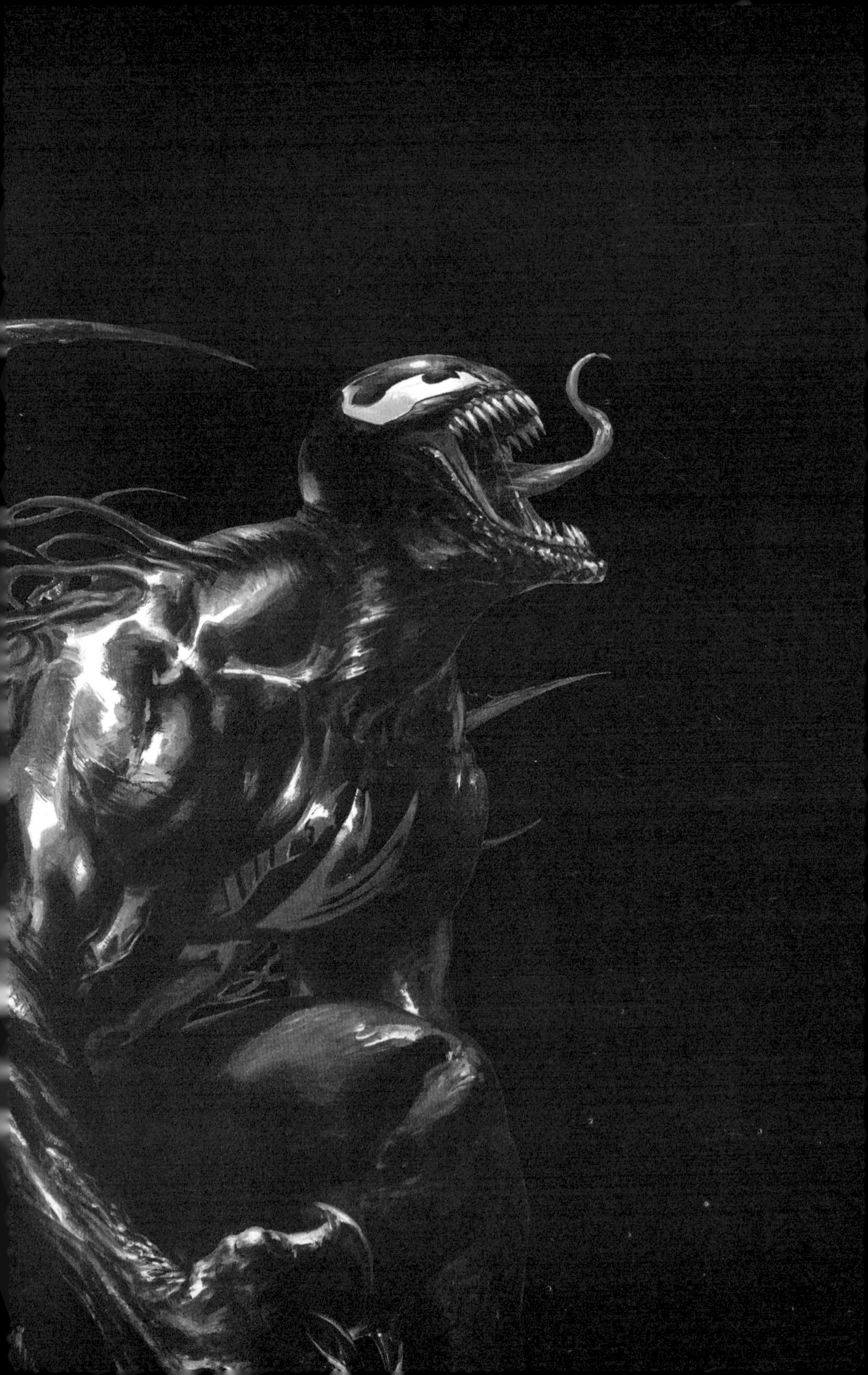

# 1

## SANTUÁRIO, DEBAIXO DO PARQUE DEL RÍO
## SÃO FRANCISCO, CALIFÓRNIA

– E-eu não acredito! O maluco tinha razão.

Os alto-falantes na fronte do Escavador crepitavam e pipocavam com o estridente timbre de pânico da voz do piloto.

– Nós fomos parar no *passado*. – Após uma pausa, ele disse: – Harlan? Harlan... você tá aí? Por favor, diz que você tá aí.

Sem resposta.

Com o inimigo preso ainda nas garras de aço, o operador levantou-se. As juntas do exoesqueleto rangeram umas contra as outras, fazendo vibrar o homem lá dentro, conforme ele manobrava a gigantesca maquinaria para a esquerda, depois à direita, assimilando a inacreditável aparição de uma cidade localizada bem abaixo da terra. Os prédios que podia ver pendiam ligeiramente, tortos uns em relação aos outros, como se construídos em solo irregular. Não era arquitetura recente, tampouco eram os materiais – tudo feito de tijolo, argamassa e madeira.

Seus faróis tinham sido destruídos pela queda, e todo o cenário – edifícios e as pessoas que ali se reuniam – era iluminado por uma fileira de lamparinas que cintilavam brilhantes ao longo da rua de paralelepípedos na qual ele se encontrava. Junto do piloto, que virava daqui para lá, também virava seu prisioneiro, agora totalmente ignorado por ele.

– Por favor, não o machuque!

– Hein?

A voz fez o operador dar meia-volta. Despencando rua abaixo na direção dele veio a mulher da caverna acima, acompanhada pelo menino, que gritou tão alto que suas palavras ecoaram ao redor.

– Solta ele!

Vê-los causou no piloto uma onda de alívio.

– Os sem-teto dos túneis – disse ele em voz alta, ainda se reportando ao colega, mesmo sem ter a menor ideia se Harlan podia ouvir. – Se estão aqui, deve ter outro jeito de entrar... – Após juntar um ponto ao outro, seu cérebro tornou a focar. – O que significa que ainda estou no presente.

Ele soltou o ar que nem sabia que estivera prendendo.

– Velho, me sinto bem melhor...

Um lampejo branco contra o fundo preto chamou sua atenção.

– ... agora?

E ele se lembrou de seu oponente. Na ponta do braço do Escavador havia um prisioneiro transformado, todo feito de músculos pretos lustrosos, garras e presas medonhas.

E ódio assassino.

– Sua hesitação nos deu tempo para nos recuperar. – Mãos cheias de garras afiadas envolveram o braço do exoesqueleto. – Você não está mais enfrentando Eddie Brock e um simbionte atordoado pelo som. – As garras mergulharam nas grossas placas de metal, perfurando-as como se fossem feitas de papelão. – Agora você vai se ver com...

O metal guinchou ao ser rasgado ao meio.

– ... Venom!

A criatura abriu com tudo os braços, libertando-se numa chuva de lascas de metal. Fluido hidráulico jorrou em jatos arqueados. Circuitos soltaram fagulhas em estouros de voltagem azulada, que logo se apagaram. O metal se desfez em estilhaços que pingaram e ricochetearam da armadura do exoesqueleto. Venom pousou na rua, brandindo a língua comprida entre os dentes nojentos, num redemoinho de cuspe.

Arrepiado, ele abriu um sorriso aterrorizante.

– Uhhhh! Ser melodramático dá um *arrepio* tão bom.

Partes do braço do exoesqueleto caíram ao redor dele como gotas de chuva.

Metal... e pedra? Ele olhou para cima, e as manchas brancas que deviam ser seus olhos se alargaram ainda mais.

– Hã?

Sem aviso, saltou para a esquerda num pulo rápido demais para a visão humana seguir quando uma máquina monstruosa despencou na rua, bem no ponto onde ele estivera. Ela pousou com um trovejante e ressonante *TUUM!* O impacto espalhou círculos de força de concussão, rachando algumas janelas nos prédios e sacudindo as pessoas.

• • • •

– O outro Escavador? – disse Venom. Brock começava a ser contagiado pela satisfação do simbionte. – Ótimo. Agora temos um pra cada mão.

Ele agachou, preparando-se para um novo ataque. O recém-chegado levantou-se num movimento mecânico suave, sem ter sofrido danos na queda controlada, pois absorvera o choque com suas robustas pernas mecânicas. Harlan, o segundo piloto, orientou sua máquina para encarar Venom e acionou as lâminas de som localizadas no topo da cabeça do maquinário. Mais uma vez o ar crepitou com energia de concussão.

– Incrível! – exclamou o homem. – Tem uma cidade inteira debaixo dos túneis que andamos escavando. Devia ser isso que o Sr. Treece vivia procurando.

Venom esquivou-se da rajada das lâminas sônicas. Mesmo assim, doeu só de ter passado perto, mas a fúria deu-lhe a força para continuar em movimento, pois o raio o perseguiu ao longo de toda a extensão da caverna. Ele saltava mais rápido do que o exoesqueleto podia compensar, sempre um segundo adiantado.

– Milícia, dividam-se! Cerquem-nos e abram fogo!

A ordem veio de um homem de bengala na mão, que corria em direção ao caos que os oponentes estavam causando. Estava cercado por um punhado de outros homens.

Esses outros estavam armados.

– Ora essa, é um monte de carinhas com armas antigas. – O piloto do Escavador de braço danificado virou sua máquina para os recém-chegados. – Polícia local?

Servomotores gemeram uma reclamação quando ele apontou o braço intacto para um dos homens.

– Sem problema – murmurou.

Antes que qualquer um pudesse reagir, uma descarga elétrica percorreu o vão. Surgiu um cheiro de ozônio, depois o odor de tecido e carne queimados, quando a descarga acertou o defensor mais próximo feito um aríete. Todo o corpo do homem entrou em convulsão, sacudido em pleno ar como se preso a fios. Ele foi cambaleando sobre os paralelepípedos até parar aos pés de seus colegas de milícia, que estancaram de imediato.

A caverna foi tomada pelo silêncio dos espectadores, vendo horrorizados o corpo fumegante de um dos seus.

– *Assassino!*

O berro espalhou-se por todo o lugar, num urro inumano de raiva.

– Ele só estava protegendo seu lar – exclamou Venom, entre o brandir da língua e o bater das presas.

Ele saltou, deixando um rastro de negrume, e voou para o Escavador. Sem parar, sem hesitar, meteu o punho na placa da cabine com toda a sua força inumana.

O acrílico estilhaçou.

Jorrou sangue lá de dentro.

– Que sua punição faça jus ao crime.

O exoesqueleto contorceu-se e caiu de lado. Venom retirou seu braço da massa ensanguentada de carne e vísceras. O simbionte foi absorvendo toda aquela meleca conforme Venom saltava da máquina cambaleante e do que restava do piloto.

Suavemente ele pousou agachado e levou a mão a um pedaço de aço que jazia no solo, no ponto em que ele estilhaçara a garra do Escavador. A lasca era do tamanho da sua coxa. As beiradas eram puras farpas de metal; a ponta, uma lança perigosamente afiada.

– E já que o seu parceiro não fez nada para impedir esse ato hediondo, que tenha a mesma retribuição.

Num giro, Venom arremessou o naco de metal como uma lança contra o outro Escavador.

Bem na cabine.

Através do para-brisa, ele viu o operador, Harlan, lutando freneticamente com as alças que o prendiam ali dentro. Um esforço fadado ao fracasso. A mira de Venom fora certeira. A lança de metal atravessou a placa, abrindo um buraco redondo, do tamanho de um melão.

O buraco que ela fez em Harlan não ficou tão redondo assim.

Embora tivesse o mesmo tamanho.

– Rá. – Com expressão sombria, Venom riu ao ver o Escavador congelar aos poucos até travar onde estava. Então uma voz cheia de pânico chamou sua atenção.

— A gente dá conta dele, Ethan.

Virando-se, ele encontrou o restante da milícia erguendo as armas, que apontavam para ele.

*Novos alvos.*

*Não*, pensou Brock, enfrentando furiosamente o instinto ao ver o homem da bengala e bigode inglês – o que os outros chamavam de Ethan – dar suas ordens.

— Apontar armas, rapazes...

Venom ficou aguardando, envolto pela espiral de poeira da destruição que acabara de causar.

Que acabara de causar para salvar aquelas pessoas.

Para *vingar* um deles. Será que iriam atirar nele? Não podia ser. Ele os *salvara*.

— NÃO! – Elizabeth abriu caminho na multidão e meteu-se na frente de Ethan e os demais. – Ele parece um monstro, mas não é. – Aproximando-se de Ethan, ela prosseguiu: – No parque, perto da entrada do túnel, fomos atacados pelos capangas do Treece. Eles iam nos espancar, talvez até nos matar. – Ela apontou para Venom. – Mas ele impediu.

Conforme a tensão começou a dispersar, o simbionte abriu-se em camadas, escorrendo como mercúrio para revelar o rosto de Brock. Lendo os pensamentos deste, reagindo à imagem que via na mente dele, transformou-se em algo similar ao uniforme de um policial. Brock fez uma breve saudação para Elizabeth e sorriu.

— Servir e proteger, senhora.

— Não deem ouvidos a ela. – Nathaniel passou, abrindo caminho, as mãos agitadas. – Eu li sobre esse cara. É um maníaco homicida. – A voz do magricela se contorcia, alternando entre tons agudos e esganiçados. – Ele nem é humano... Não é mais.

Ethan olhou de Nathaniel para Elizabeth, depois virou e ficou estudando Eddie por um bom tempo. Seus homens nem se mexiam. Nem mesmo Brock – ele apenas enfrentou o olhar mordaz do homem, sentindo o simbionte começar a fervilhar sob sua pele.

Finalmente, Ethan falou num tom de voz claro e calmo:

— Esta é uma questão complexa. O Conselho terá de decidir.

Com um aceno das mãos, indicou que os defensores deveriam baixar suas armas. Ninguém disse nada.

Nathaniel gesticulou, agitado, mas permaneceu em silêncio.

– Elizabeth – disse Ethan, voltando-se para ela –, por favor, mostre ao nosso... *convidado*... onde ele pode se limpar, depois nos encontre na Sala do Conselho.

Elizabeth aquiesceu, baixando a mão para segurar a do menino. Após um instante, procurou e pegou também na mão de Brock. Era estranho ser tocado, mesmo num gesto tão delicado, por alguém que não se recolhia de pânico nem atacava com violência.

Ele não recusou o toque.

Seu Outro também não.

Puseram-se a caminhar, afastando-se dos destroços dos dois Escavadores. Viraram numa rua ao lado. Um formigar na nuca fez Brock virar-se e olhar para trás. Havia três homens ali, um pouco distantes, mas seguindo-os, mesmo assim.

Estavam todos armados.

Brock voltou-se para a frente e tornou a acompanhar Elizabeth e o garoto. Chegou a tentar soltar a mão dela, para estar pronto para protegê-la, mas ela segurava firme; os dedos entrelaçados nos dele. Foi com um choque que ele entendeu que na verdade era *ela* quem o estava protegendo. Ficando perto para mostrar que ele não era alguém a se temer.

No entanto, Brock sabia melhor do que ninguém que Venom era, *sim*, alguém a se temer.

– A... como vocês chamam?... milícia – disse ele – está nos seguindo.

Elizabeth não virou para olhar.

– Por favor, não fique bravo.

Ele não respondeu.

– Este Santuário é o nosso mundo – ela prosseguiu –, e tomar conta dele é uma responsabilidade muito grande. Ethan e os outros... eles levam bem a sério.

O menino largou dela.

– Vou brincar com o Stewart, mãe.

– Tá bem, Timothy.

Então ele se foi, trotando ao longo de uma alameda que se perdia entre dois edifícios. Elizabeth puxou Eddie pela mão e retomaram o trajeto.

– Mas que lugar é este? – Ele preferiu falar para distrair-se dos homens armados que os seguiam, obstinados. – Como veio parar aqui?

– Isso, meu amigo – disse Elizabeth –, é uma história bem inusitada. – Ela respirou fundo e começou: – Com certeza, você ouviu falar do terremoto de 1906.

Eddie fez que sim.

– Bom, este setor da antiga São Francisco literalmente *afundou* quando a crosta terrestre se mexeu – ela continuou. – Foi coberto por pedras e destroços, e, na pressa da reconstrução, a cidade simplesmente construiu por cima dele. O que permaneceu debaixo – ela acenou com o braço, num amplo arco, indicando os prédios pelos quais passavam – ficou abandonado e imperturbado por décadas, esquecido, até que um andarilho em busca de abrigo nos túneis o descobriu. Isso foi há mais de 75 anos, e foi o começo.

A moça parou de andar. Eddie olhou para o prédio a que tinham chegado.

## HOTEL FRONTEIRA

Elizabeth continuou a falar, para concluir a história.

– Desde então, formamos nossa própria sociedade. Somos felizes aqui. Temos casa e liberdade, mas nosso paraíso tem de ser protegido daqueles que viriam para explorar. – Ela apertou bem a mão dele. – É por isso que somos *muito* cautelosos com relação a quem permitimos que fique.

Lançando-lhe um olhar cheio de significados, ela soltou a mão dele. Brock sentiu a palma da mão esfriar no mesmo instante. Sentiu uma palpitação, nada muito brusco, com a desconexão, mas essa sensação mudou para uma pontadinha suave quando ele a olhou no rosto e ela sorriu para ele.

– Vou encorajá-los a votar "sim" – disse a mulher, sem parar de sorrir.

Após um momento, ele pendeu a cabeça, como se para confirmar algo.

– Obrigado, Elizabeth – disse. – Faz bastante tempo que não temos um lugar ao qual podemos...

Ele levou um segundo para encontrar a palavra certa, a palavra perfeita, que significasse tudo que ele estava buscando no mundo.

– Pertencer.

Esta era a palavra.

# 2

**O HOMEM-ARANHA** estava pendurado na lateral de um prédio, logo abaixo de um parapeito. Com o traje vermelho e azul camuflado pelas sombras, ele escaneava as ruas. A cidade tinha sonoridade e ambiência diferentes de Nova York, algo que o deixava um pouco ansioso. O ar era fresco demais, agitado demais e tinha um gosto muito salgado na língua. Nova York tinha um aroma mais ferroso, uma pontada de metal no céu da boca.

*Este aqui não é o meu lugar*, pensou ele. *Tipo, Broadway eu aceito, e o Bowery, até o Brooklyn. Mas esse lugar é tão... tão... montanhoso!*

Esticado como estava, com os pés plantados nos tijolos, seu corpo ficava deitado na horizontal em pleno ar. Era sempre muito empolgante quando suas habilidades lhe permitiam fazer algo que deveria ser impossível. Com o celular na mão, ele analisava o mapa aberto na tela.

*Muito bem*, pensou, *eu acho que o prédio do* Herald *fica pra lá.*

Num giro do ombro e outro do punho, ele acionou seu lançador de teias, atirando uma linha pegajosa que voou até um prédio mais adiante na rua. Ao contrário das teias de Venom, aquelas eram um produto químico que o próprio Aranha inventara. Ela travou ali e contraiu quando ele a puxou e saltou para o vazio, usando sua força e o empuxo da teia para balançar. Foi voando pela cidade, com a mente girando sem parar.

*Gostaria de poder usar as vias comuns, abordar as autoridades como Peter Parker, repórter fotográfico de Nova York. Mas uma investigação oficial leva tempo, e tempo é algo que eu não tenho.* Em pleno ar, ele alterou o curso e passou balançando por uma rua lateral que *esperava* ser a direção certa. Cada músculo do seu corpo trabalhava numa sincronia perfeita, como a de um dançarino. *Eu tenho que encontrar o Venom. Mesmo que ele tenha falado sério quando disse que ia me tirar da sua "lista negra", isso não me cheira bem.*

Traçando um arco no alto, avistou o logo do *Herald* no topo de um arranha-céu dos mais baixos algumas quadras adiante. Suavemente, ele ajustou a trajetória, retorcendo seu corpo flexível em acrobacias graciosas sem perder a linha de raciocínio.

*Só não me sinto bem em deixar um assassino convicto maluco livre por aí.* Pousou suavemente ao lado de uma janela, acima de uma escadaria de incêndio. *Achei que poderia... Parecia a coisa certa a fazer, na época... mas não. Não é assim que funciona.*

A janela estava trancada, mas ele não viu indicativo algum de alarmes. Não naquela altura. O sentido aranha permanecia quieto também. O escritório que enxergava estava escuro, àquela hora da noite. Pressionando a ponta dos dedos na moldura da janela, ele os flexionou. O pequeno fecho de cobre estourou, incapaz de resistir à pressão exercida pela força de aranha de Peter. Ele deslizou a janela para cima sem fazer barulho, escorregou para dentro e a fechou com o mesmo cuidado.

Quatro passos rápidos e ele cruzou a sala, depois passou pela porta que dava para o corredor. Nada de formigar. O prédio estava uma calmaria só. Ele tinha imaginado que o *Herald* seria como o *Clarim*, onde sempre havia uma equipe – mesmo que pequena – monitorando as notícias, atualizando histórias, seguindo pistas, apenas... trabalhando. Nova York, a cidade que nunca dorme.

Pelo visto, São Francisco tinha hora de ir para a cama.

*Hm, vai ver eles estão em outra parte do prédio. Mas provavelmente não onde eu vou.* Então seus pensamentos voltaram a focar a questão premente: Venom.

*Bem, eu sei que não posso prender todos os bandidos, mas esse é um cara que tudo que faz acaba com alguém morto. Com essa contagem de perdas, e dada a origem dele, não posso evitar levar pro lado pessoal...*

O roçar suave de uma sola gasta de sapato no piso de linóleo ateou fogo em seu sentido aranha. Ele saltou para o alto, girando para pousar agachado no teto, grato por este ser coberto por gesso, e não material de isolamento. Cair de maduro no chão seria uma vergonha.

Um segurança entrou no corredor.

Não parou.

Não olhou para cima.

*Ufa, tenho que tomar cuidado,* pensou o Homem-Aranha. *Me concentrar no que me trouxe aqui.*

Entretanto, o segurança não estava com a menor pressa, caminhava com a maior calma do mundo ao patrulhar o longo corredor. O Homem-Aranha não se mexia, imóvel como o animal que lhe dá nome, verdadeiro epítome da espera. Mesmo depois que o homem pegou outro corredor, o Cabeça de Teia não saiu do lugar enquanto não ouviu o elevador fazer um *pim!* e a porta abrir e fechar.

Finalmente ele prosseguiu, primeiro ao longo do teto, depois desceu suavemente para o piso e seguiu pelo corredor até encontrar uma escadaria. O que ele buscava devia estar no porão. *Sempre* ficava no porão. Ao passar pela porta, deparou com uma escadaria que espiralava para cima e para baixo, misturando-se às sombras. Por um momento, ficou escutando. O ar não se alterava. Arquitetos e engenheiros nunca colocam ventilação nas escadarias.

Após um bom tempo de silêncio, soube que estava sozinho.

Pulou para o corrimão e se equilibrou na pontinha do metal como se fosse uma ampla plataforma. Ficou um tempão ali, apreciando mais uma vez o uso de suas habilidades. Finalmente, num giro, ele se inclinou para o vazio entre as escadas e permitiu ser tomado pela gravidade.

A queda durou segundos.

Pousando de pé, Peter absorveu o impacto com as coxas. Silenciosamente, deixou a escadaria, passando para um corredor, e sentiu aquele cheiro familiar – papel velho empilhado, alguns tão antigos quanto a cidade. Por trás da máscara, ele sorriu. O *Herald* não chegava aos pés do *Clarim Diário*, mas algumas coisas nunca mudam.

Com movimentos rápidos, seguindo o faro, o Homem-Aranha encontrou o que procurava. A porta ficava lá no fundo, no canto; um retângulo liso de madeira com uma placa simples:

## ARQUIVO MORTO

*Não tem como ser mais simples que isso*, pensou ele.

Peter Parker usava seu celular para fazer muita pesquisa. Era uma ferramenta impressionante – a internet na ponta dos dedos, vasta e até um pouco intimidadora. Às vezes tinha tanta informação de tantas fontes que era fácil cair num buraco e nunca mais encontrar o que procurava, mas ele sabia como achar informações na base de dados de um jornal.

*Em Nova York, achei dados sobre Venom pesquisando sobre o passado de Eddie Brock.* Dessa vez, o Cabeça de Teia passou pelas pilhas de papel apodrecido até chegar a um terminal alocado numa mesa larga e foi teclando sem pensar. O sujeito que usara pela última vez não se dera o trabalho de encerrar o acesso. A tela ganhou vida e ofereceu uma barra de busca.

*Então, talvez, cruzando as referências do jornal local eu possa...*

Apareceu uma lista de arquivos e uma série de fotos. Ele clicou numa delas para maximizar. Era o retrato de um homem que parecia nunca ter sorrido na vida. Todas as linhas do rosto angulavam, severas, para baixo. O cabelo retrocedia em grandes arcos na testa, ainda que as sobrancelhas traçassem espessas pinceladas por cima dos olhos.

*Ora, ora, vejam só.*

A boca e o nariz eram idênticos.

O nome na legenda era este: *Carl Brock.*

*O pai*, pensou ele.

• • • •

Quinze minutos depois, Peter tinha toda a informação de que precisava, então se levantou. Finalmente, após zanzar por uma cidade que não conhecia, tinha uma pista concreta para seguir.

*Mas eu juro*, pensou ele, *se o velho me receber dizendo que quer comer meus miolos, eu volto na hora pra Manhattan.*

3

**ROLAND TREECE ERGUEU** o tampo do pequeno bar de seu escritório na Treece International. A antiga placa de cerejeira envernizada brilhava, captando a iluminação quente da sala espaçosa. O cheiro do bar sempre lhe dava uma tontura. Meia dúzia de garrafas abarrotadas atrás da mesa do antigo contador, junto com todas as outras que estiveram ali antes daquelas, haviam manchado a madeira repetidamente com pequenas quantias de álcool pingado.

O pai dele chamava isso de "a dose do santo".

– Qual vai ser o veneno? – ele perguntou, sem se virar.

– Pode ficar com tudo pra você, Treece.

Treece deu de ombros e serviu-se de uma dose dupla de uísque. Com toda a calma do mundo, foi permitindo que o líquido âmbar escorresse lentamente pelo copo para poder olhar para o espelho e estudar o homem que estava do outro lado da sala, junto à porta. Poucos intimidavam Roland Treece – depois das coisas que ele tivera de fazer para escalar até o topo de seu mundo –, mas o ex-general Orwell Taylor o deixava um tanto... apreensivo.

Treece sabia que era capaz de muitas coisas, algumas até hediondas, mas Orwell Taylor era potencial *puro* para a violência. De seu corpo robusto, cheio de músculos, apesar da idade, ao modo com que reagia a tudo um pouco rápido demais, como o bote de uma cobra, ele era a manifestação física da ameaça.

Pelo menos, os dois estavam do mesmo lado.

Treece tomou um gole de seu caríssimo uísque japonês. Cruzou a sala, sentou-se à sua mesa e acenou para o general Taylor sentar-se numa das cadeiras colocadas logo à frente.

– Vou me sentar quando vier a ligação – disse Taylor. – Até lá, prefiro ficar de pé.

*Não se sente, não tome um drinque... que seja*, pensou Treece, mas não o disse em voz alta. *Eu entendo você*.

– Deve vir a qualquer momento – respondeu ele.

Assim que o fez, o monitor sobre a mesa ganhou vida. Nele apareceu o rosto de um homem. Era um rosto sisudo, não triste, mas severo, e demonstrava tanta disciplina quanto o do general. Treece ergueu o copo para a tela.

— Carlton! Que bom que se uniu a nós.

— Sr. Treece. General Taylor. — Carlton Drake acenou para Taylor, que deu a volta e pegou uma cadeira. — Obrigado por falarem comigo hoje.

— Preferia falar pessoalmente — grunhiu Taylor.

— Inevitável — disse Drake. — Andamos muito ocupados aqui, na Fundação da Vida.

— Bem, eu aprecio muito o seu trabalho — disse Treece. — Os Escavadores são *top* de linha.

— Obrigado — Drake agradeceu, com um sorriso discreto. — O apoio financeiro da sua empresa tornou possíveis muitas das coisas que realizamos, então conceber os Escavadores para o seu projeto era o mínimo que podíamos fazer.

— Bom, eles funcionam muito bem.

— E o senhor, general Taylor — disse Drake —, está contente com os itens que fizemos para você?

Taylor fungou.

— Nos testes eles se saíram bem, mas, enquanto não enfrentarem a situação de verdade, prefiro não emitir julgamento.

— Muito bem. Eu continuo tendo certeza de que o desempenho deles fará jus às expectativas.

— Espero que sim.

— Nós queremos as mesmas coisas, general Taylor.

O general parecia estar perdendo a paciência com aquele toma lá, dá cá.

— Eu quero que Eddie Brock pague pelo que fez ao meu garoto — ralhou Taylor. — Já você quer aquela *coisa* alienígena que ele usa sobre a pele. Por ora, nossos objetivos coincidem.

— Eu só quero meu ouro — interveio Treece.

Taylor olhou feio para ele.

Treece inclinou-se para a frente, em sua cadeira, e apontou para o general.

— O ouro existe.

– Nós acreditamos em você, Sr. Treece – Drake acalmou-o. – Se trabalharmos juntos, todos nós teremos as riquezas que buscamos. A sua, real, a minha, o tesouro de um ideal, e você, general Taylor, a riqueza de obter vingança pela morte do seu filho.

– O que vão fazer com aquela coisa? – Treece sacudiu o gelo no copo. – Quando a tiverem. Não é perigosa?

– A Fundação Vida está preparada para lidar com itens perigosos, Sr. Treece.

– Tenho certeza disso – mentiu ele.

– Vamos falar sobre esse plano para capturar o Venom – disse Taylor. – Parece bastante complicado, se querem saber.

Drake suspirou.

– Você ficou obcecado com Venom desde a morte do seu filho, general...

Treece fez o sinal da cruz à menção do falecido, hábito que mantivera desde a infância de dura criação religiosa. Drake continuou a falar, como se o outro nem tivesse se mexido.

– ... mas eu *estudei* a criatura, seu hospedeiro e sua simbiose. Eles possuem um perfil psicológico muito complexo, e o plano que projetei vai entregá-los para nós. Simples assim.

– Encontre um alvo, mire, atire. – Taylor falava com severidade. – *Isso* é simples. A rota direta é a melhor rota.

– Se você for invadir um vilarejo num país de terceiro mundo, pode até ser. – Drake não revelava a ironia no rosto, mas ela se insinuava em sua voz. – Esse é um homem que sofreu um surto psicótico, ligado a um alienígena... repito, *alienígena*, que *não tem nada de humano*. Uma entidade que exibe lógica e instinto que não têm paralelos em qualquer animal encontrado na nossa biosfera. Ela passou a maior parte de sua existência numa realidade de seres superpoderosos, assassinos, heróis, vilões... tudo que está fora dos limites humanos. Como uma unidade, Brock e essa criatura estão desassociados da humanidade, isolados em sua alteridade. Eles agem e *reagem* num algoritmo psicológico abstrato demais para que um ataque direto os coloque nas nossas mãos. – Drake inclinou-se para a frente. – Vocês me entenderam, cavalheiros?

– Claro – disse Taylor, a voz pinçada pela irritação.

– Já chega. – De copo vazio, Treece levantou-se e foi até o bar. – Eu só preciso saber *o que* fazer, não *por que* estamos fazendo. A minha parte não é tão grande assim.

– Mas é vital, Sr. Treece.

– Não se preocupe, eu *vou* cumprir.

– E eu vou extrair os itens de que precisamos de Venom. – Drake virou-se apenas o bastante para indicar que estava se dirigindo ao general. – Depois, entregaremos o Sr. Brock, e você terá sua vingança.

Taylor fez que sim num aceno curto.

– Depois que estiver tudo feito, nós continuaremos nos negócios, certo? – dizendo isso, Treece retornou, mas não se sentou atrás da mesa, preferindo a beirada, com o copo de uísque pousado na perna.

– Sim, Sr. Treece.

– A não ser que você fuja com o seu "ouro" – disse Taylor.

Treece ergueu o copo.

– Ora, talvez eu fuja – retrucou, sorrindo.

– Com ou sem você, nós continuaremos usando sua empresa para a logística.

Treece franziu o cenho.

– Não vou a lugar algum. Foi uma piada. Você também pode brincar, agora que não é mais do exército.

Taylor não respondeu, apenas se ajeitou na cadeira – foi um movimento bastante sutil, mas Treece subitamente ficou muito nervoso.

– Cavalheiros – Drake ergueu a voz –, nossa empreitada será um sucesso e bem direta, general Taylor. Você atuará como comandante de operações *in loco* para sua equipe e os agentes especiais. O Sr. Treece providenciará a logística e os suprimentos com suas conexões de negócios internacionais, e a Fundação Vida continuará a desenvolver os ditos agentes.

– Esse plano, você tem *certeza* de que vai te dar o que precisa para criar esses agentes?

Drake sorriu.

– O processo de seleção já foi concluído, general. Temos cinco candidatos excelentes, prontos para a conversão.

Treece ergueu o copo.

– Aos parceiros de negócios, então.

4

# SANTUÁRIO, DEBAIXO DO PARQUE DEL RÍO
# SÃO FRANCISCO, CALIFÓRNIA

– Vocês...

A mente de Brock girava conforme ele tentava absorver o que acabara de ouvir.

– Vocês querem que eu...

Ele sentiu que precisava se sentar, mas não havia cadeiras por perto. Estava no centro do que um dia fora um tribunal, de frente para o Conselho. O grupo de doze homens e mulheres muito sisudos não demonstrava nem um pingo de emoção.

Ele engoliu em seco e disse mais alto as últimas palavras:

– Vá embora?

Ethan suspirou, assentindo seriamente por trás do corrimão do estrado.

– A votação foi apertada, Sr. Brock – disse ele –, mas a maioria vence. Receio que terei de pedir que você... Nós teremos de pedir que você... parta imediatamente.

– Nós defendemos você, rapaz! – exclamou Tom do Vietnã em meio à pequena multidão de espectadores. – Contamos o que você fez por nós, contamos como você ajudou.

Brock olhou para trás e fez para o homem um aceno discreto de agradecimento. Ao lado dele, Elizabeth olhou Brock nos olhos – e não os evitou. Estava irritada, ele podia ver com clareza, mas não disse nada.

Um gesto rápido na galeria o fez virar para ver.

– Até o diabo pode agir como um anjo se for para ter o que quer. – O homem que gritava reclinou-se sobre o corrimão da galeria, estendendo o dedo na direção de Eddie. – E essa *coisa* aí não passa de um demônio.

A cabeça careca brilhava sob a luz das lamparinas, lustrada com uma camada fina de óleo e suor, que fazia o desenho das veias inchar-se e pulsar como minhocas enraivecidas debaixo da pele. Um dos olhos era coberto por um tampão, e uma cicatriz feia fazia a porção direita do lábio superior esticar-se sobre dentes ligeiramente expostos. Ela também descia até o queixo, retorcendo o lábio inferior para baixo e expondo o vermelho vivo da gengiva. Em volta do pescoço, ele usava um colarinho de padre; a faixa branca reluzia sob a luz baixa como se fosse refletora. Debaixo do colarinho, pendurada, havia uma cruz de ouro grande o bastante para ser usada como arma.

– Minha congregação nunca permitirá que uma abominação dessas contamine a nossa bela comunidade – exclamou o homem, a voz tomada de fervor.

Por toda a sala, as pessoas acenavam, concordando com ele. Algumas murmuravam sua aprovação, e muitas apoiavam a ferocidade da proclamação. Nathaniel usava o mesmo cachecol que da última vez que Brock o vira. O rapaz da cara de rato aproximou-se do pastor. Quando o barulho cessou, ele falou alto para todo mundo ouvir.

– E se a gente matar o maldito?

*Simmm...*

O simbionte sibilava dentro da mente de Eddie, que podia senti-lo se debatendo contra sua pele em reação ao jato de adrenalina inspirado pela agressão dirigida contra ele. O choque de ter sido expulso do Santuário logo amargou para a raiva perante aquele ataque verbal.

*BAM!*

– Chega!

A sala ficou em silêncio, como se alguém tivesse acionado um interruptor. Ethan estava de pé, ainda apoiado com as mãos no corrimão. Todo eriçado, ele irradiava autoridade e raiva quando se voltou para o pastor. A expressão inabalável em seu rosto não abria espaço para a contestação.

– Você já disse o que queria, reverendo Rakestraw – disse, com firmeza. – Agora seguiremos a decisão do Conselho, e nada além disso.

O reverendo Rakestraw retribuiu olhando feio para ele.

Nathaniel sumiu na multidão.

Após um momento longo e tenso, o reverendo fez um aceno dos mais curtos e virou-se para acompanhar Nathaniel para fora da sala. Outros os seguiram, embora a maioria tenha ficado em suas cadeiras, em seus lugares. Ethan dirigiu-se a Eddie.

– Você é um ser poderoso, Sr. Brock – admitiu. – Provavelmente, poderia fazer o que quisesses, e nós poderíamos fazer pouco para impedir.

– Para amenizar o restante, ele sorriu: – Não obstante, esperamos que você respeite o nosso estilo de vida e que vá guardar os nossos segredos.

Eddie respirou fundo uma vez.

E mais uma.

A raiva, quente como lava, borbulhava debaixo da superfície de sua pele. Bastaria a menor das rachaduras para que ela jorrasse para fora na forma de Venom. Sua boca parecia não querer colaborar, e foi uma luta para pôr as palavras para fora.

– Claro – disse ele.

Eddie deu meia-volta e saiu andando. Dava para sentir que Elizabeth o observava, mas ela não falou nada, então ele continuou a caminhar em direção à porta.

A voz de Ethan fez-se ouvir atrás dele:

– A Bíblia diz que devemos oferecer a outra face – declarou. – Pergunte ao bom reverendo.

*Pro inferno com isso.*

Eddie não olhou para trás.

# 5

## UNION SQUARE, SÃO FRANCISCO

As pessoas o evitavam.

Escolhiam outra maneira de abordar assim que o viam, tinham as mais diversas reações, como se ele irradiasse uma espécie de energia fatal. Sob as sombras do imenso memorial do parque em homenagem a algum general de uma guerra muito antiga, tão distraído pela turbulência interior, ele mal registrava a coluna de mármore de quase trinta metros de altura.

Seus pensamentos ainda estavam no subsolo.

Como estiveram desde que ele deixara o Santuário.

Durante toda a noite, ele caminhara, zanzando por entre as sombras frescas de São Francisco até chegar à Union Square. Revirando os eventos, sem parar, em sua mente. Graças à ligação com o Outro, ele raramente caía no sono. O simbionte alienígena o transformara, estendendo seu ciclo de vigília para um nível inacreditável de eficiência. De fato, Brock passava longos períodos sem dormir nem um pouco e, quando dormia, era por poucas horas.

Na noite anterior, não tinha dormido nada.

*Ainda sem respostas e sem ter pra onde ir*, pensou. *Estamos tão abandonados quanto aqueles subterrâneos, antes de terem encontrado seu refúgio.*

*Refúgio*. A promessa da palavra era uma zombaria.

O simbionte agitou-se contra sua pele, comunicando-se sem palavras.

*Irônico*, pensou Brock, chateado. *Eles estão correndo o risco de perder o Santuário, enquanto nós...*

*Espere!* O processar dos pensamentos travou quando sua mente fez uma nova associação. *Eles mencionaram um nome – Roland Treece. Ele é o homem que os está ameaçando. Se conseguirmos descobrir por que, talvez conter a ameaça, até mesmo aquele pastor caolho vai ter que nos aceitar.*

O simbionte começou a espalhar-se em finos filamentos em torno de seu rosto, escorrendo para o pescoço e por cima do queixo.

*Simmm*, sussurrou ele, em concordância, por todo o interior do crânio de Eddie.

••••

Ela apertou os dedos no braço dele, fazendo-o virar-se para ela.

Autumn tinha parado de andar, e seus olhos estavam do tamanho de frigideiras. Antes que ele pudesse perguntar, ela ergueu a mão trêmula e apontou.

– Ei, Tommy. O que que aquele cara tá fazendo?

O rapaz virou o rosto para olhar para onde ela indicava. Ainda era dia, mas às vezes apareciam uns sujeitos bem esquisitos na Union Square. São Francisco tinha aquela capacidade de impressionar as pessoas, e não num bom sentido.

O homem para o qual ela apontava estava... *inchando*. O cara já era grande, mas estava ficando maior ainda. Seus braços e pernas engrossaram até que ficassem como postes de luz, e as costas se expandiram feito uma vela de barco.

Mais estranho ainda, as roupas que ele usava não rasgavam. Elas pareciam virar líquido, como um derramamento de óleo em forma de gente. Pequenos filamentos pegajosos brotavam para fora, depois reentravam e foram ganhando um tom de preto da mesma cor da pele de uma baleia-orca. As pessoas ao redor começaram a murmurar, e pelo menos uma delas gritou – não deu para saber se foi homem ou mulher.

– Nossa, Autumn, aquilo não é um "cara" – disse ele.

O rosto da figura gigantesca desapareceu por inteiro, restando apenas uma boca com duas fileiras de dentes monstruosos e uma língua absurdamente longa, que balançava de um lado para o outro, espalhando cuspe. Tommy sentiu um pouco de enjoo com a cena toda.

– Aquele é o Venom – ele gritou. – Que a gente viu na rede social... É verdade. Ele tá aqui!

Tommy e Autumn recuaram, mas a criatura parecia nem saber que eles estavam por perto.

Câmeras começaram a clicar ao redor deles, e os dois fuçaram nos bolsos, na pressa de pegar o celular. Estendendo um braço cheio de músculos imensos, Venom disparou um jato de teia, que voou até o meio do monumento Perry. Ela grudou ali, e, com um puxão na teia e um salto gracioso, ele se lançou para o alto, sob a luz do sol, e voou por cima da Saks até desaparecer.

# 6

## ERA UMA BOA VIZINHANÇA.

*Muito* boa.

Tão boa que ele sabia que as pessoas nas casas grandes o observavam como se ele fosse um desqualificado que estava lá para roubar as coisas delas. Ele sabia disso mesmo sem o formigar de seu sentido aranha. Claro, Peter estava vestido de modo casual, mas o moletom estava limpo e as calças não tinham buracos. Era um visual simples e normal.

Mesmo assim, passou a mão pelo cabelo ao aproximar-se da casa de três andares de estilo vitoriano. Certo, talvez o cabelo estivesse *mesmo* precisando de um corte.

*Mesmo assim...*

Aproximando-se da residência, ele ficou maravilhado. Raramente via uma casa daquele tamanho, destacada das vizinhas – havia poucas daquelas no Queens. Ela ostentava uma torre central, dúzias de janelas e diversos declives, e ângulos, e pontas no telhado, dando a impressão de um forte medieval, robusto contra o céu azul brilhante e as nuvens que passavam.

*Essa varanda é maior que o meu primeiro apartamento*. Não era assim que se construíam as coisas em Nova York – sem dúvida, não tinha nada a ver com as casas geminadas. No entanto, ela lembrava algo.

Uma igreja?

Talvez uma igreja.

Ou... *Espere, é isso*.

Ela lembrava o Sanctum Sanctorum.

Só que não tinha uma claraboia grande e redonda no topo.

Peter não gostava dessa coisa. Uma vez, ele se balançara até o teto do Doutor Estranho, na Greenwich Village. Pousar perto daquela janela esquisita fizera seu sentido aranha começar a berrar feito um caminhão dos bombeiros. Ele nunca tinha sentido algo assim, como se seu crânio fosse rachar ao meio.

Tivera enxaqueca por três dias depois disso.

No primeiro degrau da varanda, ele parou de pensar nessa lembrança. Olhando para cima, tornou a conferir o número da casa.

*É, esse é o endereço que peguei nos arquivos do* Herald. Ignorando a campainha, bateu os nós dos dedos sólidos contra a madeira dura da porta. Após muitos minutos, ouviu um barulho do outro lado, indicando que alguém o escutara. A porta abriu-se para revelar um homem mais velho, um pouco mais alto do que o normal e robusto, mas não grande em exagero. Os cabelos loiros tinham um matiz fraco, quase ficando grisalhos, e os traços do rosto eram mais marcantes do que ele vira na foto, mas com uma pele mais fina por conta da idade. Não obstante, era o homem que procurava.

– Sim? – A voz dele tinha aquela entonação monótona e indiferente que as pessoas usam quando lidam com gente que não conhecem e que *não querem* conhecer.

– Bom dia! – Peter deu a resposta mais animada possível, arriscando no charme, ou pelo menos no empenho. Só esperava não ter soado como um vendedor. – Por acaso estou falando com Carl Brock?

O homem não mudou de expressão, não vacilou nem se mexeu. Apenas ficou parado ali, na entrada, com uma mão no batente, outra na porta e o corpo bloqueando a estreita passagem entre esses dois.

– Sim.

– Pai de Eddie Brock?

Soube que tinha cometido um erro no momento em que falou. Uma olhada feia e a porta foi fechada com tanta força que o ar deslocado soprou o cabelo de Peter.

*Ceeerto.*

Teria que tentar de outro jeito.

# 7

**ELE PASSOU POR CIMA DA BEIRADA** e parou na superfície de cascalho. A altura não incomodava Venom nem um pouco, visto que acabara de escalar toda a extensão de um arranha-céu, mas ali o ar era mais espesso contra a sua pele.

O meio da cobertura era permeado por grandes caixas de metal e alumínio reunidas. Lâminas que eram quase do tamanho de Venom giravam dentro de cilindros de metal, impedindo que os pássaros fossem sugados para dentro. Aquele era o centro de controle de climatizadores do edifício.

Caminhando por entre as estruturas, resolveu parar um segundo em frente a uma das hélices para sentir o vento que ela criava. Baixou bem o queixo, abrindo a boca o máximo que conseguia, e sua língua ficou se debatendo, ondulando para trás da cabeça, como uma flâmula, ao sabor da corrente. A saliva secou dentro da boca, endurecendo como goma-laca em suas presas, fazendo sua garganta secar.

As sensações eram calmantes para ele – sem pensar, sem se preocupar, só apreciando a sombra da unidade e permitindo-se sentir tudo, praticando sua forma alienígena de atenção plena. Quando sua boca ficou tão seca que parecia torresmo, ele a fechou e seguiu adiante.

Havia um sólido trinco na porta de aço que levava para a escadaria. Venom desprendeu um filamento grosso de seu material e chicoteou, envolvendo a forte maçaneta. Ele firmou o corpo, e o material contraiu. A porta amassou, e a fechadura rasgou como se fosse moldada em papelão, em vez de numa liga de aço de alta qualidade.

Passando pela entrada, ele encontrou uma escadaria escura e desceu silenciosamente os poucos degraus até alcançar o corredor lá embaixo. Ali parou, no entanto, antes de passar pela porta.

Havia algo errado.

O material simbiótico ondulou sobre seu rosto, reorganizando-se em nível molecular. A visão de Venom ajustou-se, e subitamente ele pôde ver uma série de raios que cruzavam o corredor como barras horizontais.

– Oh! – Sorriu. – Raios infravermelhos? Ora, que tal *você* dar um jeito nisso?

Em resposta, um filamento negro desenrolou-se do braço dele, se encaracolando e retorcendo pelo ar. Foi se estendendo pelo corredor, habilmente manobrando por entre os raios e esticando-se para além deles. Foi se enrolando, movendo-se com instinto puro, espiralando até alcançar uma intersecção, e pegou o corredor à direita. Embora o material tivesse se esticado quase quinze metros e sumido de vista, Venom tinha ciência completa dos arredores.

Um pouco mais adiante, ele sentiu uma massa densa de energia acoplada à parede. Ela estava conectada aos aparelhos que projetavam os raios infravermelhos – devia ser um painel de controle que permitia aos funcionários desligar os raios quando era preciso fazer manutenção.

Sem pensamento consciente, o filamento esticou-se até ali e explorou o aparelho. Encontrou uma alavanca, enrolou-se nela e a puxou para baixo, fazendo um estalo seco ecoar pelo ar parado do corredor.

No mesmo instante, os raios infravermelhos foram desligados.

Com sua missão concluída, o filamento serpeou de volta e foi reabsorvido.

– Assim é melhor – disse Venom. – Não tem por que alertar nossos anfitriões, certo? – Ele agachou um pouco e saltou com um movimento rápido das pernas musculosas, girando para agarrar-se ao teto, e ficou ali, de ponta-cabeça, com cuspe pingando no piso, onde se juntava em pocinhas brilhantes. – Vamos apenas zanzar por aí... palavra deliciosa, "zanzar"... até encontrar alguma coisa útil.

Sua língua dançava feito uma cobra sedenta.

Engatinhando rapidamente ao longo do teto, mas sem fazer ruído, ele foi parando diante de cada cubículo ou sala. A maioria estava aberta, permitindo-lhe espiar lá dentro, para então seguir adiante. Piso após piso, esquadrinhou o edifício sem encontrar ninguém nem nada que lhe chamasse a atenção.

A Treece International estava silenciosa como uma tumba.

Três pisos abaixo, ele enfiou a cabeça numa sala.

– Ah! – soprou. – *Essa aqui* promete.

Venom soltou-se do teto, pousou suavemente de pé e saltou para dentro do escritório. Um lado dele era ocupado por baias de divisórias altas, enquanto a parede dos fundos era ladeada por grandes gabinetes de aço e armários de arquivos, daqueles mais largos projetados para guardar documentos maiores. A última vez que vira algo assim fora no escritório de um arquiteto que entrevistara.

Antes de sua carreira acabar.

Antes de ele se tornar Venom.

Nada daquilo lhe interessava. Sua atenção foi atraída para a ampla mesa de madeira que ficava no centro da sala e dominava o espaço.

– Uma maquete do parque – disse ele – por cima da cidade subterrânea.

Dentro da réplica do parque Del Río, localizou o ponto em que os moradores de rua tinham sido atacados pelos bandidos armados. Estava marcado com exatidão, indicando que o ataque fora planejado naquela sala em que ele se encontrava agora. Menor que o dedão dele, estava também a grade do esgoto que, quando erguida, expusera o túnel que levava ao Santuário. Ao vê-la, ele sentiu uma pontadinha de algo que lembrava muito o remorso.

Venom detectou movimento. Um monte de documentos de cores vivas, empilhados sobre a mesa, farfalhava com o vento do ar-condicionado.

– Melhor vermos o que dizem esses folhetos – murmurou, enquanto o material simbiótico fluía para fora de sua cabeça, revelando o rosto de Eddie Brock.

O ar frio fez a pele de suas bochechas e da testa se retesar. Ele pegou a pilha de papéis e analisou-a com o olhar experiente de um repórter investigativo.

– Hmm, Treece está financiando a reforma do parque como um *presente* para São Francisco.

Havia cronogramas e relatórios de equipe, licenças e ordens de compra, até um mapa dos túneis que ficavam debaixo do parque. Tudo parecia regularizado. Num documento intitulado "SEGURANÇA" havia uma lista de funcionários – alguns deles, os bandidos que encontrara, sem dúvida – e uma descrição completa dos moradores de rua que faziam do parque sua residência.

Não fazia sentido. Por que usar um maquinário avançado como os Escavadores se Treece podia simplesmente botar o lugar abaixo por meios convencionais e construir tudo de novo? Para que tolerar os moradores de rua, afinal? Certamente, uma simples requisição feita à cidade teria permitido à polícia fazer uma limpa no local.

Não havia menção alguma a uma cidade subterrânea. Seria intencional, ou Treece realmente ignorava a existência dela?

– Mas qual ameaça poderia aquele pessoal do subsolo representar para um projeto de caridade? – Brock pensou em voz alta. – Tem de haver mais aqui do que sugerem as aparências. Mas o quê?

••••

Um ar frio percorria suas costas, por cima da camisa. O material sintético do uniforme parecia plástico sobre a pele dele, mesmo com a camiseta que sempre vestia por baixo. Dunn Mclesky odiava vigiar. Ficar sentado junto de um monte de telas – à sua frente e ao redor – que monitoravam cada sala da Treece International num sistema de rotação.

*Que saaaaaco!* Ele conteve um bocejo. *Nunca acontece nada por aqui.*

Estava frio. O sistema de segurança gerava muito calor, e, para combatê-lo, o ar-condicionado era bombeado para dentro da salinha por um duto de ventilação no teto. O vento gelado endurecia os músculos do segurança, e não havia espaço para ficar de pé e se movimentar. Só para a cadeira e para a pessoa que a ocupava.

O que ele não daria por uma xícara de café quentinho! Mclesky mal podia esperar que seu turno acabasse para poder sair dali. Os monitores trocaram de imagem, exibindo um novo conjunto de salas vazias.

*Mais do mesmo...*

*Peraí.*

*Que diabos?*

Mclesky se ajeitou depressa na cadeira, sem tirar os olhos da tela central.

*Será...?*

Na imagem havia um homem musculoso de traje preto grudado no corpo, com um emblema que lembrava uma aranha desenhado nas costas, em branco. Ele vira o cara nas redes sociais e num memorando da segurança que toda a equipe recebera.

*É, sim!*

– Minha nossa...

Mclesky pegou um microfone e apertou o botão que enviaria sua voz para toda a equipe de segurança do edifício. Eles usavam fones de ouvido para impedir que os invasores captassem as comunicações internas. Estava empolgado, mas teve que manter o profissionalismo.

– Mandem uma equipe de segurança para a Sala de Apresentações Seis!

Mclesky trouxe o microfone para bem perto da boca.

– E não economizem no armamento.

• • • •

– Lá está ele!

Brock virou-se para encontrar um grupo de seguranças de uniforme azul acotovelando-se para entrar na sala. Eles passaram espirrados pela porta aos dois e três. No mesmo instante, o fluido preto espalhou-se para cobrir o rosto dele mais uma vez.

– A trilha de gosma nos levou até ele!

Seis homens uniformizados o confrontavam. Todos tinham submetralhadoras maciças e quadradas nas mãos. Apontadas em sua direção. E tinham um ar de superioridade, confiantes pela vantagem de seu poder de fogo.

*Simmmm...*

– Nós não sabemos se o seu chefe é mau mesmo – disse Brock, a voz engrossando e tomando a entonação única de Venom. – Portanto, talvez não seja necessário matar vocês.

Totalmente transformado, apontou um dedo com uma garra enorme para os homens.

– Podem ir embora.

Os homens abriram fogo.

As pequenas e robustas metralhadoras explodiram numa onda avassaladora de balas. O chumbo espalhou-se pelo ar com um trepidar agudo. Muitos dos projéteis atingiram Venom com grande impacto, que o empurrou para trás. Os que passaram por ele foram mastigar outros objetos na sala, incluindo a maquete na mesa principal, espalhando uma chuva de estilhaços.

• • • •

Tão rapidamente quanto começara, a violenta tempestade de balas acabou, deixando o escritório vibrando com o eco e o ar pesado de cordite. Venom jazia imóvel no piso, ao lado da mesa, deitado sobre uma cama de madeira lascada e arvorezinhas de plástico.

Os seguranças aproximaram-se com cautela. Um acionou o clipe da arma e a recarregou. Os outros fizeram o mesmo, alguns chegando mais perto, outros ficando mais para trás. O primeiro que recarregou parou em frente ao alvo e ficou olhando para ele.

– O chefe vai ficar bravo porque estragamos a maquete – disse –, mas vai entender quando nós... *hã*?

Ele mal acreditou no que via.

– O-o cara ainda tá se mexendo?

Venom rolou para o lado, a boca aberta num amplo sorriso cheio de presas, que parecia rasgar seu crânio ao meio. Ele se sentou, olhando fixamente para o homem mais próximo.

– Munição é uma coisa cara – disse, levantando-se. – Olha aqui, por que vocês não usam as suas – a pele cor de ébano ondulou por todo o corpo dele, revelando dezenas de pequenos nódulos acinzentados acumulados ali – *de novo*?

– Esse troço preto segurou as balas – exclamou o segurança, querendo se afastar. – T-tá botando pra fora.

Antes que ele pudesse dar mais alguns passos, bolinhas amassadas de chumbo foram arremessadas contra os seguranças, não tão rápido quanto tinham sido atiradas, mas com velocidade suficiente para machucar.

O segurança mais adiantado levou uma dessas na nuca, e o impacto foi tão forte que ele voou longe. Outros pularam e se esquivaram, tentando evitar ser atingidos pelas balas recicladas. Então, num piscar de olhos, Venom estava no meio deles numa fúria de garras, socos e dentadas.

– Agora é a NOSSA vez! – ele berrou.

# 8

**SEU HUMOR COMBINAVA** com a iluminação do corredor.

Sombrio.

Ele venceu os degraus e chegou ao novo andar, com as coxas tensas de ter de subir todos os cinco que a casa tinha. Havia um cômodo no térreo que ele poderia ter convertido em escritório, mas preferia tê-lo onde estava. Gostava de desafiar o corpo, subindo as escadas mesmo tendo um pequeno elevador que dava para a cozinha.

*Não, deixe para a empregada usar.* Ele subiria pelas escadas até não ser mais capaz de fazê-lo.

A lembrança revirava-se em sua mente sem parar, daquele rapaz que aparecera à sua porta, mais cedo.

*Por que o mundo continua a se intrometer?* Ele entrou no escritório e levou a mão ao interruptor. *Por que as pessoas simplesmente não me deixam em paz?*

– Sr. Brock...

Ele deu um pulo de susto ao ouvir a voz. Quando o viu, uma exclamação escapou-lhe da boca. Acocorado em cima de sua mesa, em frente à janela aberta, estava um homem esbelto, de músculos definidos, num uniforme vermelho e azul colado no corpo. Tinha o rosto coberto por uma máscara, com grandes olhos que o fitavam sem piscar.

Ele reconheceu o desenho das teias no tecido vermelho. Reconheceu o emblema costurado no peito do rapaz.

O Homem-Aranha apontou um dedo para Carl Brock.

– Nós temos que conversar.

• • • •

Venom acertou um segurança corpulento com o punho, levando o homem ao chão, onde ele caiu esparramado por cima de outro membro da equipe, que já estava lá estirado, inconsciente. O corpulento também não levantou mais, só ficou deitado, encaracolado, sofrendo com as costelas fraturadas e a omoplata quebrada que acabara de ganhar de presente.

Outro segurança flutuava no ar, preso por um punho que o envolvia por cima de seu uniforme de tecido sintético. Ele se debateu e chutou o oponente com a ponta da bota. Venom virou-se e, com a língua rosada brandindo no ar num redemoinho de saliva, ponderou sobre o homem e suas atitudes.

Após dar de ombros quase casualmente, arremessou-o para o outro lado da sala. O segurança colidiu com a parede fazendo um baque surdo, bateu perto da sanca e caiu desacordado numa pilha de músculos doloridos. Venom levantou-se, rodeado por homens sobrepujados que já não queriam mais saber da carreira que tinham escolhido seguir. Estavam todos vivos, mas capazes somente de proteger os pequenos setores do piso em que jaziam.

O silêncio relativo foi quebrado por um tinir de metal vindo do corredor. Pela porta passaram mais homens com armas. Armas maiores.

– Mais guardas? – Venom exclamou e jogou a cabeça para trás numa risada. – Que maravilha!

O novo grupo posicionou-se rapidamente, movendo-se com a precisão de homens que tinham treinado juntos. Eram todos mais velhos que os guardas deitados aos pés dele, mas seus gestos mostravam a energia fácil de pessoas no auge da forma física. Esses eram os verdadeiros seguranças, o pessoal que ganhava bem. Deviam ter sido do exército ou da polícia e recebido o tipo de treinamento de combate que fazia deles mais habilidosos que os homens que gemiam e sangravam sobre o piso.

E suas armas eram *significativamente* maiores.

– Mas nós realmente achamos que já nos divertimos o suficiente por hoje. Quem sabe voltamos pra brincar algum outro dia.

Venom deu as costas aos recém-chegados e foi até uma janela. Logo já a tinha atravessado, quebrando facilmente o vidro.

– Na verdade, podemos praticamente garantir que sim.

• • • •

– Ora, mas que infortúnio.

Dunn Mclesky olhou para o homem parado ao seu lado, que assistia ao desastre que era Venom derrotar a equipe de segurança e depois escapar.

– É mesmo – concordou ele, sem saber o que dizer.

O homem franziu o cenho. Seu rosto demorou a compor a expressão, como se os traços marcantes fossem, na verdade, feitos de pedra. A cabeça careca brilhava com a luz das lâmpadas fosforescentes do teto como se alguém tivesse passado óleo.

Mclesky tossiu.

– Hã, Sr. Crane?

– Que foi, filho?

– Devo chamar uma ambulância?

– Não. – O cenho franzido passou para uma carranca. – Os homens podem receber cuidados ali mesmo. O alvo está escapando. Essa é nossa prioridade.

– Que devemos fazer a respeito, senhor?

O chefe da segurança da Treece International passou a mão pela cabeça, considerando suas opções. Com Venom fora do edifício, havia apenas uma.

– Diga às unidades exteriores que o alvo está no lado norte do prédio – respondeu. – Instrua para que o peguem.

– Sim, senhor.

Mclesky não achava que isso seria, assim, tão fácil.

• • • •

A van tinha na pintura um emblema de um canal de TV de notícias. Ela se afastou do conjunto de veículos – da polícia e da mídia – que havia se reunido em torno do edifício. O motorista falou num microfone ao ver sensores e circuitos dentro do veículo transmitindo informações.

– Alvo à vista.

Do outro lado da linha, um homem de armadura abriu as comunicações que o conectavam à equipe.

– Procedimentos de rastreio iniciados. Esquadrão, reúna-se nas minhas coordenadas.

# 9

## — SIM, O QUEBRA-CABEÇA PERMANECE VAGO.

Venom descia pela lateral de um prédio de tijolos à vista, soltando-se para deixar a gravidade fazer a maior parte do trabalho. Após quicar umas vezes, ele se agarrou à parede, parando a queda. Acocorado ali, com os pés e as costas tocando a superfície, pôs-se a pensar em sua situação. O simbionte rolou para fora do rosto dele para ouvir sua voz.

– Mas pelo menos temos mais algumas peças – disse Brock. – Treece não tem boas intenções... isso está claro... mas precisamos descobrir suas motivações. – Ele ergueu a voz, com a ansiedade emprestando energia a suas palavras. – E então podemos esmagá-lo como... como... – Ele procurou a analogia adequada. – Uma aranha!

Espiou o lixo empilhado no beco – latas jorrando para fora, sacos plásticos rasgados na costura, de onde vazava todo tipo de dejeto, comida descartada sobre o pavimento e pilhas de papelão engordurado. O asfalto do beco era uma montanha de sujeira e fedor.

– É ele.

A voz soou mal modulada, um zumbido distorcido, e veio de algum ponto acima.

– *Agora*.

Outra voz, quase idêntica à primeira, mas vinda de outra direção.

– O que...

Antes que ele pudesse dizer outra palavra, um zumbido alto preencheu o ar, e o beco foi tomado por uma explosão de luz gritante e dor aflitiva. Os raios o atingiram como o punho de um deus, lançando-o no chão do beco numa onda de concussão.

Com o rosto ainda desprotegido, Brock levantou-se em meio ao lixo fumegante. O fedor roubava-lhe o pouco oxigênio que conseguia forçar seu corpo castigado pela dor a sorver. A sensação era a de ter sido atropelado por um rolo compressor; os músculos tesos em nós apertados como os de uma corda molhada, travados, retesando-se a ponto de ele não conseguir mais pensar. Só conseguia sentir *dor*.

*Enfrente...*

O simbionte gritava em sua mente. A dor que ele sentia ecoava pelos nervos de Brock numa repercussão psíquica que ardia – não o arder lancinante do fogo, mas o escaldar corrosivo do ácido.

– A-algum tipo de... – disse ele, arquejando em meio à agonia, tentando recobrar-se – ... de energia. Fomos atingidos... quando não estávamos prontos.

– Você, mais do que ninguém, deveria saber, Eddie. – A voz soou logo acima dele, zombeteira e imperiosa. – Este jogo não tem regras.

Brock virou o rosto e olhou para cima, do chão, em meio ao lixo e aos dejetos. Havia um homem poucos passos à frente dele, contornado pela luz que brilhava lá atrás. Um homem grande, não tão largo quanto Eddie, principalmente em sua forma de Venom, mas imponente.

– Quem... – disse ele, enfrentando a dor que ainda o castigava. – Quem é você?

– Meu nome é Orwell Taylor. – O homem deu um passo à frente. – General, exército dos Estados Unidos, aposentado. Estou aqui para ensinar a você o que significa assumir a responsabilidade por suas ações.

A dor começou a ceder, mas não rápido o bastante. Brock virou-se para poder enxergar melhor seu agressor. O simbionte parou de gritar em sua mente.

– Veja, Eddie, um tempo atrás, você matou meu filho – disse Taylor e parou, deixando a frase pendurada no ar.

Em seguida, houve movimento atrás dele. Uma por uma, cinco figuras apareceram em sua retaguarda. Todas usavam trajes de combate mecânicos, com capacetes que cobriam seus rostos. Cada uma contava com pesado armamento.

Uma tinha um braço feito de metal que parecia um bate-estaca; o outro braço exibia um aparelho que parecia ser algum tipo de arma. Outra recém-chegado tinha os punhos cerrados crepitando com plasma. Uma terceira parecia quase desarmada e segurava um objeto quadrado simples, não muito maior do que um *tablet*.

A quarta compensava essa sua colega com uma arma imensa conectada a seu traje por tubos e fios. A enorme arma giratória vinha montada num braço rotatório que brotava de seu peito blindado; era artilharia pesada – devia ter sido ela que tinha derrubado Eddie e ainda o fazia sofrer com uma dor lancinante que o mantinha preso ao solo.

A quinta figura flutuava no ar, voando por meio de alguma tecnologia que ele não conseguia ver. Seu traje era mais enxuto, uma roupa colada no corpo, coberta por largas faixas de metal. Brock torceu para que fosse o único que voava. Odiava os que voavam.

Orwell Taylor abriu bem os braços.

– Agora nós, o Júri, vamos matar você.

# UM VEREDITO DE VIOLÊNCIA

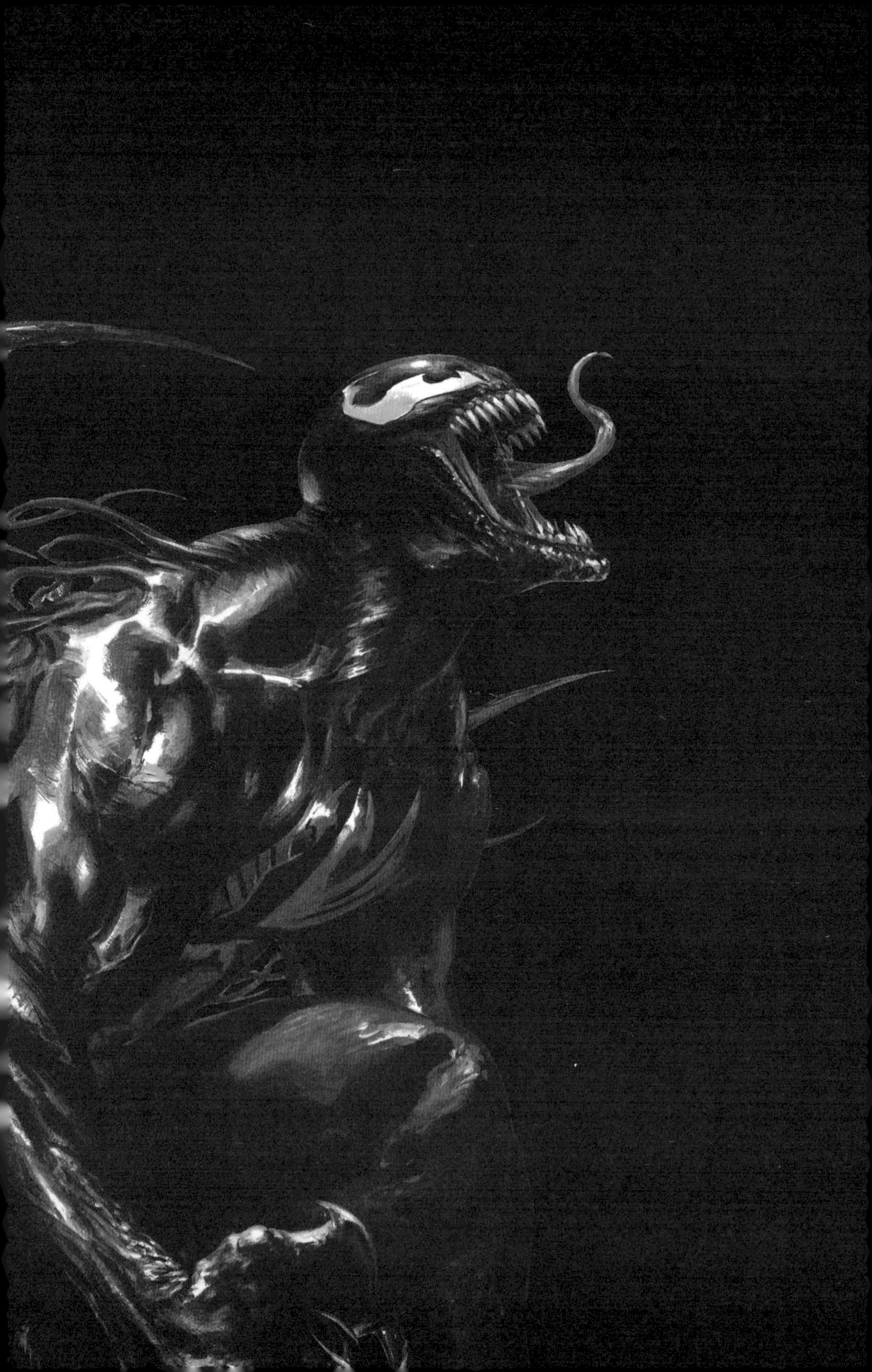

# 1

## SÃO FRANCISCO, CALIFÓRNIA

*DOR!*

O simbionte fervilhou no peito de Brock. Filamentos ondulantes açoitaram o ar quando a rajada sônica fez o alienígena gritar na cabeça dele. O disparo foi como uma martelada no externo exposto de Brock, machucando a grossa e fibrosa cartilagem.

Ele foi rendido pelo membro voador do Júri, que avançara contra ele num voo rasante antes que ele pudesse reagir, incapacitado como ainda estava pela rajada que o surpreendera pouco antes. O raio sônico viera daquele que tinha o braço de metal.

Após o que pareceu uma eternidade, o soldado parou de atirar e recuou um passo. O simbionte derreteu, embora ainda ligado a seu hospedeiro, e os pedaços que antes cobriam o peito dele ficaram largados em fitas entrelaçadas no chão do beco.

O braço que o estrangulava afrouxou, mas não soltou. Brock ficou preso ali, ainda fraco, sentindo o simbionte arder sobre sua pele. Dava para sentir a raiva de seu Outro por ter sido ferido. Ele *partilhava* dessa emoção, sentindo-a borbulhar no fundo do estômago.

Orwell Taylor mostrava os dentes como um pit bull, encarando Eddie e o simbionte.

– Sr. Brock – disse –, sou um homem de vastos recursos, e boa parte deles foi focada ultimamente em descobrir tudo que posso sobre você. Por exemplo, que o simbionte alienígena que usa é vulnerável a fogo e som.

Eddie deu um tempo para recuperar-se e então perguntou:

– M-mas por quê?

– Eu tive um filho, Hugh – Taylor respondeu. – Ele tinha acabado de sair do exército e tornou-se guarda na prisão federal conhecida como Gruta. Foi o primeiro homem que você matou quando escapou da instituição.

Brock não se lembrava do rosto de Hugh, mas se lembrava desse dia – e das coisas que tivera de fazer para alcançar a liberdade. Ele – *eles* sentiam-se em conflito. Alguns dos que morreram eram inocentes, as mesmas pessoas que eles deveriam proteger.

– Nós... – ele hesitou. – Nós não *queríamos* machucar ninguém.

A expressão austera de Taylor rachou ao meio. Com dentes à mostra e punhos cerrados, ele avançou até parar a poucos centímetros do objeto de seu ódio.

– Isso é *justificativa*? – gritou. – Você *assassinou* o meu filho!

O general aposentado respirou fundo, lentamente, centrando-se, engolindo a raiva, recuperando o controle. Brock o encarava, mas ficou em silêncio, na espera. Não era hora de se arrepender. Era hora de sobreviver. Tudo que importava era escapar.

Os filamentos do simbionte tremulavam no chão.

Quando Taylor tornou a falar, foi com o controle rígido que possuía anteriormente.

– Foi por isso que eu reuni o Júri. Esses guerreiros – ele acenou ao redor, indicando os homens e seus trajes de última geração –, inclusive Sentinela, o ex-guarda que o detém agora, eram amigos de Hugh no exército. Mas agora seu único propósito, como o meu, é acabar com você. – Taylor virou-se para o soldado que atingira Venom com som. – Guincho?

– Sim, senhor? – Veio a voz modulada do soldado pelo capacete.

– Ajuste a potência da arma... Coloque para matar.

– Sim, senhor! – Guincho deu um passo adiante, erguendo a arma acoplada a seu braço. – Estou esperando há... – Abruptamente, ele parou e olhou para o braço. – Hã?

Mesmo vindo do comunicador, a confusão em sua voz ficou evidente.

– Ei!

Um filamento preto fininho, enrolado na arma, brotara de seu hospedeiro para insinuar-se por entre os circuitos, inutilizando o equipamento.

Brock usou essa hesitação como vantagem. Antes que seu algoz pudesse reagir, o simbionte mais uma vez o cobriu da cabeça aos pés, curando-o, transformando-o. Venom sorriu, expondo seus dentes letais e a língua comprida.

– Estamos muito gratos – disse. – Essa longa e tediosa explicação nos deu tempo para nos recuperarmos de seu ataque inicial.

Brandindo o braço num amplo e violento arco, Venom arrancou o canhão sônico do braço de Guincho, deixando somente um feixe de fios. Ele reverteu o arco e o braço voou para trás, por cima de sua cabeça, para meter as garras nas costas do soldado voador, que ainda o mantinha preso e estrangulado. O soldado tentou apertá-lo com mais força, mas Venom flexionou o corpo, tirou o homem do chão e o jogou por cima da cabeça, arremessando-o contra Guincho. A colisão fez os dois rolarem pela rua como brinquedos descartados por uma criança raivosa.

Venom levantou-se.

– Não vai ser fácil nos atingir uma segunda vez – rosnou, brandindo a língua no ar a cada sílaba.

Os oponentes avançaram, e o general afastou-se.

– Incinerador! – Taylor gritou. – Queime o maldito!

O soldado robótico que tinha plasma crepitando nas mãos ergueu-as e elas fumegaram ainda mais brilhantes. Ele avançou para Venom num movimento amplo. Seu punho rasgou o ar, traçando uma trilha de fogo. Venom driblou para o lado, usando a velocidade aumentada do simbionte para esquivar-se do ataque. O soco acertou a parede atrás dele. Os tijolos foram estilhaçados, e muitas lascas caíram no chão.

– Esquentadinho – exclamou Venom. Seu punho disparou adiante e conectou-se com o visor do capacete do soldado. Grossas lentes de acrílico racharam, o metal se contorceu e a fibra de carbono e Kevlar do capacete implodiu sobre o rosto do homem. Vendo-o cair de joelhos, Venom acrescentou: – Fica frio.

Um zumbido espalhou-se pelo ar – o mesmo som que ele tinha ouvido antes. Venom virou-se e saltou, e a parede atrás dele se desintegrou numa explosão de destroços. Grudado nela, agora seis metros acima, ele escaneou a cena lá embaixo. O responsável fora o soldado com o canhão gigantesco.

– Ele é mais rápido do que o esperado, senhor. – O soldado disparou mais uma vez... e errou mais uma vez. Foi uma chuva de tijolo e argamassa. – Teremos que recalibrar nossas armas.

– Não me venha com desculpas! – Taylor berrou, furioso. – Eu quero a cabeça dele!

Quicando de parede em parede, Venom percebeu que ainda não tinha se recuperado por completo. Apesar dos protestos do simbionte, ele girou graciosamente em pleno ar e lançou a teia para escapar da situação. Com o voador incapacitado, seria possível fugir.

– Sim, você tem razão – disse Brock ao Outro. – Ele é cruel, virulento, um homem revoltado. É uma pena, mesmo – acrescentou. – Sob outras circunstâncias, poderíamos ter sido amigos.

• • • •

– Não é uma coisa muito amigável de se fazer.

Roland Treece estava na Sala de Apresentações Seis, com Crane, o chefe da segurança. Parecia que um tornado tinha varrido o local.

Ou um tiroteio.

As paredes estavam pontilhadas com dezenas de buracos de bala. O carpete tinha sido arrancado, puxado e rasgado em diversos pontos. Estava manchado de sangue em vários outros. E a mesa com a maquete do parque...

– Invasão e destruição de propriedade – continuou Treece. – Esse Venom pode vir a nos causar problemas.

– Dos grandes, Sr. Treece – concordou Crane. – Ele mandou metade da minha equipe de segurança pro hospital.

Treece deu alguns passos e parou diante das lascas e do que restava do modelo do parque. Sua voz soou carregada de raiva quando ele falou, acusador:

– No entanto, não antes de destruir a maquete. Que diabos, Crane! Eu achava que seus homens eram os melhores.

Ele travou os olhos nos do outro homem, e nenhum quis ceder. Crane deixou a insinuação subentendida persistir por um longo tempo. Quando Treece desistiu e virou de costas, ele respondeu:

– E são.

Treece olhou para ele. Encarou-o.

– Contra uma ameaça humana – Crane acrescentou.

Treece fungou alto e foi até a janela estilhaçada.

– Pelo menos – prosseguiu Crane – fizeram o cara fugir pela janela antes que pudesse fazer mais estrago.

— Verdade. — Treece sentiu sobre o rosto um vento forte, que soprou pela abertura improvisada e agitou levemente seu cavanhaque profissionalmente desenhado. O cabelo, cheio de gel, nem se mexeu. — E antes que descobrisse alguma coisa importante acerca do projeto do parque.

Observando o espaço que o separava da rua, acrescentou:

— Mas e se tiver uma próxima vez?

• • • •

— Na próxima vez, entre pela porta.

O Homem-Aranha saltou da grande mesa de carvalho. O homem mais velho à frente dele não vacilou nem recuou.

E manteve a carranca.

O Homem-Aranha ergueu a mão, como se suplicasse, num pedido de trégua.

— Desculpe, Sr. Brock, mas eu preciso de informações sobre o seu filho.

— Você usa uma *máscara*... — o tom de voz de Carl Brock fez isso parecer um crime tão hediondo quanto assassinar mulheres e crianças — entra pela janela e espera que eu me sente pra *bater papo*?

O Homem-Aranha não soube o que responder. Não estava acostumado a ver aquela quantia de ódio em ninguém além de J. Jonah Jameson.

Ou Venom.

— Só tenho uma coisa a te dizer — continuou Carl Brock. — Qualquer relação que existia entre Edward Brock e eu não se aplica mais.

O silêncio na sala ficou opressivo.

Carl Brock virou-se para sair, mas parou e falou outra vez, apenas olhando para trás.

— Ah, sim, tem mais uma coisa.

*Isso não vai ser nada bom*, pensou o Homem-Aranha.

— Vá embora. — Carl foi para a porta. — Ou vou chamar a polícia para tirar você daqui.

A porta fechou-se com um baque definitivo de encerramento.

*Ai, ai. E agora? Não sou nenhum bandido valentão. Não vou bater nele pra fazê-lo falar. Mas como vou encontrar o Venom se não consigo ajuda de ninguém?*

– Hã... Sr. Homem-Aranha?

Ele se virou e encontrou uma mulher junto à porta que dava para o cômodo seguinte. Era mais velha; não tanto quanto a tia May, mas tinha aquele mesmo olhar de bondade. Ela entrou na sala. Mesmo a metros de distância, dava para ver que tremia de nervosismo.

– Eu sou Sharon Dempsy – disse ela. – Sou governanta de Carl Brock desde antes de Edward nascer.

Chegando mais perto, ela baixou a voz até um sussurro teatral.

– Eu seria demitida se o senhor descobrisse, mas, se é para ajudar o pobrezinho do Eddie, eu contarei o que você quer saber.

2

**O AR ESTAVA FRESCO E LIMPO**, e ele balançava cada vez mais alto. Fazia-o com a ajuda do vento nas costas, deixando que as fortes rajadas o empurrassem mais adiante, cavalgando-as como se tivesse asas em vez de teias.

Por mais que gostasse da cidade, a ponte Golden Gate o atraía mais. Disposta ao longo da entrada da baía, a ponte esticava-se como a coluna de uma imensa criatura falecida. Ele fizera um trabalho de escola, certa vez, uma das primeiras experiências na vida que o influenciaram a buscar o jornalismo mais tarde. Fora um estudo sobre a ponte, sua história, sua função, seu misticismo sombrio que atraía as almas perturbadas.

Venom galgou as alturas num grande arco, agarrado à ponta de um filamento de teia que deixara estender-se por dezenas de metros – muito mais comprido do que ele normalmente usava. Curvando o corpo, esticou-se no arco para o alto e soltou bem no ápice. A teia saiu espiralando no vento, e Venom alçou voo até que a gravidade o puxou para baixo.

Ele caiu como uma pedra e bateu com os pés no metal, no topo de uma torre, uma das duas que sustentavam os cabos da icônica ponte suspensa. Era uma maravilha da engenharia, um testamento da realização humana. Ainda que não tivesse nada a ver com sua existência, ele sentia orgulho do que pudera ser feito com determinação.

Imponente, ficou observando a baía a quase 250 metros do mar. Daquele ponto de vista, a cidade de São Francisco lembrava mais uma maquete. Ele foi até a beirada e olhou lá para baixo. Estava tão alto que nem podia ouvir o trânsito. Os carros – e até os caminhões maiores – pareciam brinquedos. Os únicos sons que se ouviam eram o do vento e o do ondular das águas.

*Volte!*

Os sentimentos do simbionte fluíram feito sangue para dentro de sua mente.

– Eu sei, eu sei – ele respondeu. – Fugir do Júri foi meio que um ato de covardia, mas eles tinham motivo, no fim das contas. Nós matamos Hugh Taylor.

Ele parou e sentiu o vento açoitá-lo.

– Verdade, foi uma necessidade infeliz... parte de nossa empreitada para matar o Homem-Aranha, mas mesmo assim... – Ele podia até ver a raiva e a dor de Orwell Taylor. – O pesar de Taylor-pai é válido.

Rostos passaram por sua mente, imagens de pessoas a quem eles tinham feito mal, inocentes que não tinham merecido nada daquilo. Tinham feito muitas coisas terríveis, Brock e o simbionte, quando tomados por raiva e anseio por vingança.

– Mas temos que ignorar tudo isso por ora – disse ele, tanto para si quanto para o Outro. Além da baía, ele via os edifícios. – Pessoas inocentes nessa cidade precisam de nós. Roland Treece as tem caçado, sob essa desculpa esquisita de fazer uma "reforma". Só pode ser mentira. Se conseguirmos descobrir seus motivos secretos, talvez sejamos capazes de impedir seus...

Um novo som. Jatos, e *perto*.

– ... ataques?

O membro voador do Júri conhecido como Sentinela saiu voando dentre as nuvens e disparou uma rajada de energia de concussão. Venom saltou da torre e voou pelo espaço; o impacto martelou o aço bem no ponto onde ele estivera. Lascas de metal explodiram no ar e foram varridas pelo vento.

Para sua desgraça, mais atacantes apareceram, manobrando silenciosamente discos de metal do tamanho de assadeiras de pizza. Venom caiu, girando, deixando as correntes de vento empurrarem-no em meio aos cabos de suporte de aço que percorriam todo o comprimento da ponte. A um desses ele se agarrou, contendo a queda, e a inércia o fez girar.

– Pessoal insistente, não? – disse. – E esses disquinhos fofos que puseram nos pés os mantêm no ar. – Saltando num arco, ele acertou um dos agressores com os dois pés. – Não por muito tempo!

O homem tombou para o lado e caiu girando numa larga espiral. Venom observou a queda por um instante e saltou para o vazio.

Incinerador, o membro do Júri dos punhos de plasma crepitante, quase o acertou num voo rasante, deixando trilhas gêmeas de energia.

– Ha ha ha! – Venom censurou, num tom jocoso. – Sentimos seu calor muito antes de você chegar.

– Errei! – exclamou o Jurado. – Sentinela!

– A caminho, Incinerador.

Houve o rugido de um jato propulsor meio segundo antes de algo acertar Venom, vindo de cima. Como um aríete, ele o atingiu na lombar, ameaçando quebrar sua coluna, e o derrubou em queda livre.

• • • •

Marty estava a uma hora de concluir um audiolivro de 26 horas, uma fantasia urbana hiperviolenta sobre um caçador de monstros e sua família de desajustados. A narração era feita por um ator de que ele gostava – aquele da voz de cascalho embebido em uísque, que falava como quem lê um roteiro com os olhos apertados, fazendo cara de mistério –, e a ação estava ficando intensa.

Tão intensa que ele não ligou de estar preso no trânsito, na ponte Golden Gate. Só que ele não gostava de trânsito e realmente não gostava de ficar parado em pontes com seu caminhão, então era preciso cada grama de sangue derramado na matança de vampiros para mantê-lo ocupado.

O impacto o pegou totalmente de surpresa.

Algo acertou a carreta de seu caminhão como um meteoro. Todo o veículo foi sacudido, quicando no ar feito uma mola. Mesmo de cinto de segurança, Marty bateu a cabeça no para-brisa.

– Mas que *diabos*! – berrou. O impacto removeu seu pé do pedal do freio, e o caminhão começou a se mover. – Puxando pra direita! Levando direto pros carros!

Ele lutou com o volante, mas não adiantou. A lateral da carreta varreu uma van. Metal contra metal implodiram, e os dois veículos foram amassados.

Tendo freado o veículo, Marty inclinou-se para fora da janela para ver o estrago. Ao fazer isso, a lateral da carreta explodiu. Uma figura humana – usando um traje que lembrava o daquele tal de Homem de Ferro – saiu voando dali.

Um movimento chamou a atenção dele para o alto. Três outros seres de capacete voavam acima dos carros. Marty não fazia ideia do que estava acontecendo, mas torceu muito para que seu seguro cobrisse estragos causados por seres superpoderosos.

• • • •

Manter o equilíbrio nos discos flutuantes era um pé no saco. Já seria bem difícil sob circunstâncias normais, mas o peso do canhão rotatório acoplado ao peito de Bomblast tornava o processo quase impossível. Ele tinha de lidar com o peso da arma, que vivia pendendo para a frente. As costas doíam até os infernos, mas a adrenalina da luta percorria suas veias, presenteando-o com percepção de combate aumentada.

Seu colega saiu voando da carreta num arco em direção aos estais da ponte. Girando em pleno ar, Sentinela engajou os jatos propulsores de seu traje e logo já estava de volta à briga.

A vítima não fez o mesmo.

– Sentinela está livre – disse ele, erguendo o canhão. – Mas o alvo continua lá dentro.

Incendiário plainava ali perto.

– Você dá conta dele, Bomblast?

O Jurado sorriu por trás do visor do capacete.

– Fica só vendo.

Apoiado nos discos flutuantes, ele voou para o buraco que fora aberto na carreta. Aumentando a carga do canhão, pôde sentir o aparelho vibrar em suas mãos, sensação que subia até a proteção do peitoral. O zumbido atiçou sua adrenalina ainda mais, fazendo-o tinir dos ossos para fora. Ele se aproximou, mirou e soltou um disparo poderoso.

– Coma rajadas de plasma, seu lunático! – berrou.

Como se aguardasse por sua vez, Venom apareceu, saltando da carreta pouco acima da explosão que a estilhaçou.

– Tão cedo, antes do almoço? – Venom exclamou, em resposta. – Pelos céus, isso ia *arruinar* nosso apetite.

Sua trajetória o levou diretamente para cima de Bomblast.

– Mas quem sabe se fizermos um pouco de exercício primeiro.

Antes que Bomblast pudesse esquivar-se, o monstro preto e branco atingiu-o com todo o peso. O canhão de plasma foi estilhaçado, e Bomblast saiu voando, acertou a ponte, e o impacto foi tamanho que ele caiu, inconsciente.

• • • •

– Pelos céus, isso ia *arruinar* nosso apetite.

Impulsionado por sua força aumentada pelo simbionte, Venom saiu voando da carreta pelo buraco aberto por Sentinela. O disparo de plasma passou raspando debaixo dele; o crepitar aqueceu seu peito e suas pernas, naquele movimento que fez para evitar que o fritassem. Atrás dele, a rajada acertou o interior da carreta, fazendo-a implodir sob a energia termocinética, restando apenas um emaranhado de metal rasgado e contorcido, como uma peça de arte moderna.

– Mas quem sabe – disse ele, voando pelo ar – se fizermos um pouco de exercício primeiro.

Venom cobriu a distância que o separava de Bomblast. O encontro foi com seu punho, que ele meteu no canhão rotatório acoplado.

A arma de plasma foi estilhaçada.

O soldado tombou para trás, os discos flutuantes que ele usava escaparam de seus pés, e ele caiu no asfalto lá embaixo.

*Dor!*

A energia branca do Artilheiro acertou Venom na lateral do corpo com força suficiente para jogá-lo longe. O simbionte protestou, contraindo-se em torno de Eddie, que também sentiu a dor, por ser fisicamente ligado ao outro, irradiando do ponto do impacto.

– Esses pulsos o pegaram de surpresa – exclamou o Artilheiro.

– Mantenha-o assim, Artilheiro. – Com o braço de metal puxado para trás, Guincho veio voando em direção ao alvo. – Eu vou quebrar ele inteiro!

O membro cibernético acertou Venom bem no queixo, estilhaçando as presas compridas que preenchiam toda a boca dele. Não foi preciso usar a arma sônica para isso.

– Não tão rápido, Guincho! – interveio Sentinela. – Deixa um pouco pra mim.

O punho deste acertou Venom na boca também, fazendo-o girar.

*Lute!*

– Fica frio, meu chapa – exclamou Guincho, exalando alegria. – Tem pra nós dois! Agora...

Os dois soldados assumiram posição já praticada, preparando-se em pleno ar para então aplicarem juntos um golpe de punhos blindados. Um par de terríveis ganchos arremessou Venom por cima de carros e caminhões, por sobre as faixas, até o outro lado da ponte.

• • • •

– Essa é uma arma que esse maníaco nunca vai ter: trabalho em equipe – disse Sentinela quando seus colegas se reuniram. – Venham, vamos terminar o serviço.

Usando os jatos das botas, ele voou para o ponto em que seu oponente desaparecera e parou no ar, flutuando enquanto esperava os demais soldados se aproximarem.

Havia carros e caminhões espalhados por todo lado, alinhados em ângulos esquisitos, e seus ocupantes saíam para o asfalto. Os civis olhavam para o alto e ao redor, confusos com o caos que lhes caíra na cabeça.

– Ei! – Sentinela aumentou o volume de seu modulador de voz. – Pra onde ele foi?

– E-eu vi, mas não entendi.

Uma das pessoas olhava para eles – um homem loiro, de cabelo curto e terno azul-marinho. Parecia completamente desorientado. Um adolescente apareceu ao seu lado.

Sentinela não respondeu; ficou apenas flutuando, ameaçador, acima da dupla.

– Num instante ele estava aqui – disse o homem – e no outro começou a sumir. Derreteu pra dentro do concreto. Simplesmente... desapareceu.

Sentinela voltou-se para os colegas de equipe.

– Usou o maldito alienígena pra se camuflar.

– E agora? – perguntou Guincho. – Procurar e destruir? Temos de encontrá-lo, ou o general vai ficar puto da vida.

– Não! – Artilheiro girou sobre seus discos flutuantes. – As equipes de emergência vão chegar a qualquer momento.

Sentinela aquiesceu.

– Vamos ter outra chance.

Ele acionou os jatos das botas e disparou para o alto.

– Sim, e muito em breve! – respondeu Bomblast, voando junto dos demais membros do Júri, seguindo o rastro deixado pelos jatos de Sentinela.

• • • •

– A gente vai aparecer na TV, pai?

O homem de terno azul e cabelo curto olhou para o filho. A expressão em seu rosto era de puro horror.

– Meu Deus, o que os vizinhos vão pensar? – Ele estendeu a mão. O menino a tomou e saiu andando, arrastado pelo pai. – Vamos voltar pro carro, Timmy. E-eu acho melhor não chamarmos atenção por um tempo.

O brilho delicado dos olhos de Rorschach os observou por debaixo da carroceria de um caminhão quando pai e filho passaram por ali.

# 3

— **O SR. BROCK PROCURA** ser discreto na maioria das coisas, Sr. Homem-Aranha.

Sharon Dempsy gesticulava, movendo as mãos em rotação contínua em torno do corpo. Tocando os cotovelos, um ombro, depois o outro, o queixo e o cabelo; ajeitando os óculos; depois baixando para tocar com os dedos as palmas, e então o ciclo recomeçava. O Homem-Aranha fazia de tudo para ignorar. Ele aprendera muito tempo antes que, quando alguém falava e gesticulava, em geral era porque dizia a verdade. Ou, se estivesse mentindo, não era muito bom na mentira.

Ela olhou para ele e parou de falar. Suas mãos travaram em pleno ar como coelhos surpreendidos pelos faróis de um carro. Após um momento, meteu os braços atrás das costas.

Eram os olhos.

Suas lentes brancas extragrandes, envoltas por grossas molduras pretas, aterrorizavam as pessoas.

Algumas pessoas.

*A maioria* das pessoas.

Ninguém reclamava delas quando ele estava lutando, ou quando passava balançando, nem quando os resgatava. Mas ele tinha visto tantos comentários na internet que já sabia que o tamanho, a forma e o vazio das lentes incomodavam algumas pessoas.

Pelo visto, Sharon Dempsy era uma delas.

Ela engoliu em seco e tornou a falar, revelando sua história.

– Ele não é muito emotivo – disse. – Na verdade, duvido que alguém tenha ficado mais surpreso do que ele mesmo no dia em que se viu apaixonado.

O Homem-Aranha apenas baixou a cabeça, convidando-a a continuar, sem dizer nada. Ela não hesitou, não o desapontou.

– Jamie tornou-se a esposa dele e seu mundo inteiro. Ele queria que ela tivesse tudo que a faria feliz, e o que ela mais queria era uma família.

Dempsy acenou para uma foto na parede. Ela mostrava um homem e uma mulher, e Peter levou apenas um segundo para reconhecer aquele como um Carl Brock mais jovem. Ele estava, de fato, *sorrindo* na foto, ao lado de uma bela companheira, que repousava a mão numa barriga bem arredondada.

*Jamie.*

— Mas, quando ela morreu dando à luz Eddie, a parte de Carl que lhe permitia gostar de outra pessoa morreu junto com ela.

Quando essas palavras deixaram sua boca, o rosto de Dempsy foi tomado por uma expressão de horror. Ela ergueu as mãos, com as palmas para cima, na tentativa de afastar com o gesto a implicação do que acabara de dizer, e correu explicar-se.

— Não que ele fosse cruel ou abusivo! — ela acrescentou rapidamente. — Ele garantiu que o filho tivesse a melhor educação, os melhores cuidados de saúde, os brinquedos mais novos. — Ela baixou um pouco o rosto, o queixo junto ao peito. — Mas aquilo de que a criança realmente precisava era a única coisa que Carl Brock não podia mais dar. Afeto. Na escola, o menino se esforçava bastante — ela prosseguiu —, mas sua recompensa por notas perfeitas era um gélido "muito bem, Edward, agora que tal ir lá fora brincar?". Ele tinha desempenho excelente nos esportes, na esperança de que troféus e medalhas conquistassem o pai. Não funcionava.

O Homem-Aranha continuou sem comentar, embora a mulher o fitasse com alguma expectativa. Estava ocupado demais pensando nas diferenças entre sua criação e a de Eddie. Carl Brock parecia ser um homem frio, desinteressado e distante.

*Não é de se admirar que Eddie tenha virado um psicopata.*

Sua infância, depois que Peter Parker fora morar com a tia May e o tio Ben, foi a melhor do mundo. A tia May era um sonho, fazia doces, estava sempre pronta para um abraço e uma palavra de encorajamento. E tio Ben, *que Deus o tenha*, mostrou-lhe como ser um homem que pode ser forte, mas não tem de ser fechado. Ele provava, dando o exemplo, que um homem pode ter *sentimentos* e que esses fazem dele um ser humano humilde e bondoso.

Peter ainda sentia falta dele. Pensava nisso sempre, nas altas horas da madrugada, pouco antes de o sol nascer, quando o mundo — até mesmo a Big Apple — estava quieto. Não sabia dizer qual dessas duas coisas definira mais a sua vida.

Ter sido picado por uma aranha radioativa e ganhado as habilidades sobre-humanas que fizeram dele o Homem-Aranha...

Ou a vida e a morte do tio Ben, o homem que o criara como um filho. Seus olhos ficaram marejados por trás da máscara.

Sharon Dempsy se mexeu, trazendo a atenção do rapaz de volta para o presente.

– Depois, na faculdade – dizia ela –, Eddie conduziu sua formação para o jornalismo. Na graduação, foi morar em Nova York, conseguiu emprego no *Globo Diário* e se tornou repórter de jornal. Era muito bom também; motivado para o sucesso. Certamente, pensava ele, o pai respeitaria isso.

A expressão no rosto dela indicava que a história não foi bem assim.

– Mesmo no auge da carreira, quando ele fez entrevistas exclusivas com um assassino em série confesso, as palavras de Carl foram raras e superficiais. Depois, quando a fonte de Eddie foi exposta como um brincalhão qualquer, ele foi demitido de modo vergonhoso, e a comunicação entre pai e filho cessou de todo.

Dempsy suspirou, e seus olhos brilharam por trás dos óculos de aro pequeno.

– Mais do que tudo – disse –, acho que foi isso que levou o pobre do Eddie à loucura. Ele buscava o amor do pai, mas encontrou apenas a vergonha.

As lágrimas escorreram pelas bochechas dela, pingando do queixo macio e descendo pelo pescoço. Peter não sabia o que dizer nem o que fazer. Teve pena da senhora. Teve pena do Eddie de sua história. Teve pena até do Carl Brock de sua história.

Mas não soube o que fazer ao vê-la chorar.

Após um bom tempo, disse:

– Obrigado, Sra. Dempsy. Você ajudou pra caramba.

Ela assentiu, ainda chorando, mas ele aproveitou a deixa para partir. Num movimento fácil, já tinha saído pela janela e foi se afastando da casa; saltou e lançou uma teia sem nem pensar no que fazia.

*Queria que fosse verdade*, pensou ele, *mas não sei se alguma coisa que ela me contou vai me ajudar a achar o Venom.*

Os arranha-céus da cidade estavam a pouca distância dali, e logo ele estava entre eles. Puxando forte a teia, balançou bem fundo para baixo, depois subiu, fazendo um arco até o fim do alcance da linha, e velejou pelo ar dando um mortal. Guiar seu corpo daquele jeito o ajudou a livrar a mente da tristeza de Sharon Dempsy.

*No entanto, como diz o velho ditado, "conheça o seu inimigo"*, ele refletiu. *O problema é que talvez eu esteja conhecendo o Eddie bem demais. Sinceramente, estou me sentindo um pouco mal por ele, e será que isso é bom? Ter compaixão por um homem cujo único propósito na vida é me matar?*

Peter não tinha resposta para essa pergunta.

4

**— ... UM MILAGRE NINGUÉM TER MORRIDO ATÉ AGORA.**

A âncora do telejornal tinha um rosto pequeno, de traços delicados, muito diferente da monstruosidade hedionda exibida na tela, logo atrás. Treece assistia à reportagem no mesmo monitor que usara para a teleconferência com Carlton Drake.

– Mas a polícia admite que os envolvidos na bizarra batalha, Venom e os misteriosos guerreiros de armadura, ainda estão à solta.

A foto de Venom foi substituída por um vídeo de má qualidade gravado por um espectador presente na ponte. Graças às capacidades limitadas do aparelho e a mão trêmula do dono, poucos detalhes podiam ser vistos.

Mas era melhor assim.

– Obviamente, essa história está longe de acabar – concluiu a jornalista, passando sua atenção para um candidato da eleição local.

Treece franziu o cenho e clicou no botão "mudo" do controle remoto.

*Muito longe*, pensou ele, sombrio. *É isso que me preocupa. Com Venom ainda à solta, ele continua sendo uma ameaça para o meu plano e os milhões de dólares em ouro que isso representa.*

Passando as opções em sua mente, concluiu que não havia nenhuma.

*Pelo visto, teremos de fazer isso do jeito mais difícil.*

5

— **FOI MAIS FÁCIL DO QUE ESPERÁVAMOS.**

O caminhão de lixo pegou a esquerda na rua Clement, ao sul da ponte Golden Gate. Ele rolava pelo asfalto como um imenso animal metálico de carga.

Venom abaixou-se o suficiente para espiar dali, debaixo do veículo. Pedacinhos de cascalho e poeira de asfalto o pinicavam, pendurado como estava, de cabeça para baixo, mas ele os ignorava. Suas garras estavam enroladas num par de hastes embrenhadas na porção inferior da carroceria. As hastes de metal anguladas eram quase tão grossas quanto os antebraços de Venom e cumpriam sua função de estabilizar a pesada carga transportada pelo caminhão.

Acima dele, girava o eixo do veículo.

— Por outro lado — ele prosseguiu —, o fato de que a partir de agora seremos perseguidos complica as coisas.

Até onde ele sabia, o Júri nada tinha a ver com o ataque ao Santuário, mas não dava para ter certeza. O mal tinha um jeito de se insinuar em todas as facetas da vida, formando uma complexa rede de corrupção.

Ele gostou de fazer essa analogia.

A rua parecia ter um trânsito leve – o que não era surpresa, visto que a ponte Golden Gate ainda estava sendo liberada do caos que ele e o Júri tinham causado. Muitos dos carros que normalmente ocupariam aquela região ainda estavam presos no cenário de guerra.

O caminhão sob o qual ele se escondia tremulou e parou. Não dava para saber por que, dado o seu ponto de vista – podia ser um farol vermelho, ou uma faixa de pedestres, ou o trânsito parado.

Não fazia diferença.

— São Francisco é um lugar grande — murmurou. — Devemos atrair o mínimo possível de atenção. Adotar uma aparência mais convencional, misturar-nos à população civil.

Ele se transformou em Eddie Brock, ainda usando a jaqueta de "couro", e aproveitou a oportunidade para largar seu poleiro e sair dali.

— Vamos ficar bem — acrescentou. Ganhando a calçada, pôs-se a caminhar para a cidade. — Afinal — disse ele —, os homens de Taylor não podem estar em todos os lugares.

• • • •

*BINGO!*

– Este é o Posto de Observação 73. Alvo avistado indo para o leste na Clement. Mande a equipe para cá rápido. Farei o que puder para garantir que Brock fique por aqui.

O homem na van falava ao celular e, ao mesmo tempo, com a mão livre, digitava num painel de controle. Telas *touch screen* eram algo tão maravilhoso – ele não sabia como tinha sobrevivido por tanto tempo sem elas.

Em seguida, ele abriu a porta.

• • • •

Alguma coisa atingiu a calçada e passou por entre seus pés, fazendo um tinido metálico surdo, vinda de trás. Ela quicou uma vez, saiu rolando e foi parar alguns metros à frente. Era uma esfera de metal do tamanho de uma bola de softbol. Círculos e costuras cobriam a superfície, e havia um contador enfiado no metal.

– Hã?

Seria um brinquedo de criança que escapara de uma mãozinha melecada?

Antes que ele pudesse agir, o mundo foi engolfado por uma explosão de ruído branco que cauterizou o simbionte em farrapos, espalhando filamentos que estouraram de seus membros. Brock soltou um berro; o Outro gritou dentro de sua mente. O rebote psíquico fez Brock cair de joelhos no concreto.

– A granada sônica deu um jeito no seu amigo alienígena...

Com a visão começando a clarear, Brock olhou para trás. Um homem baixo, de bigode e arma de alto calibre, estava a poucos metros dele.

– Mas estas balas são pra você!

Brock levantou-se, engolindo saliva para conseguir falar. Suas vias aéreas pareciam preenchidas por cascalho. Filamentos pretos pendiam dele em farrapos, deixando-o quase totalmente nu.

– P-por quê? – ele perguntou.

– Por quê? – rosnou o homem. – Hugh Taylor foi um dos caras mais legais que já conheci.

Eddie recuperou a voz e sentou-se sobre os calcanhares.

– E pra se vingar por ele você vai condenar inocentes à morte?

– O quê? Do que você tá falando?

– Há uma colônia de moradores de rua inocentes, e eles estão em perigo – respondeu, honestamente. – Talvez nós sejamos a única salvação, a não ser que você nos impeça.

O homem de bigode não respondeu, não abusou de sua vantagem. Não baixou o rifle também. Hugh Taylor engendrara um profundo senso de lealdade em homens como ele. Soldados. Heróis. A vingança era uma motivação forte – talvez a mais forte de todas –, entretanto aquela pessoa não era um assassino de sangue frio. Assassino, sim, mas não de sangue frio.

– Vemos hesitação no seu olhar – Brock continuou. – A tensão diminuindo no dedo que você tem no gatilho. Não muito...

A cobertura preta começou a retornar, encobrindo a cabeça de Brock e escorrendo por suas bochechas, espessa e viscosa. Dentes escorregaram por cima de sua pele, realocando-se do ponto onde brotaram para onde deveriam ficar. Ele podia senti-los, como dentes soltos num soquete, que eram pressionados para retornar ao lugar. Não era doloroso – de fato, de um estranho modo, a sensação era boa, como se tudo voltasse suavemente ao normal.

– ... mas *o suficiente* – Venom concluiu.

Uma mão cheia de garras avançou e agarrou a metralhadora. O metal guinchou ao ser amassado entre aqueles dedos. O homem soltou o cano, com receio de que sua mão tivesse o mesmo destino. Venom ergueu-se, imponente, diante dele, e o homem olhou para ele com um medo evidente no rosto. Meleca da língua agitada respingou sobre seu rosto, espalhando-se pela testa e as bochechas.

– Deveríamos matar você – ele prosseguiu –, mas seu instante de compaixão lhe comprou a vida. Agora *vá*, antes que...

Um golpe tão forte quanto o de uma marreta o arremessou para o lado. Venom voou pelo ar e foi parar na lateral de um prédio; o impacto foi tão forte que lascou a fachada de concreto e o deixou tonto, sobre uma pilha de destroços.

— Sentinela! — berrou o homem de bigode. — Mas onde estão os outros?

Sentinela flutuava com seus propulsores.

— Nós nos espalhamos pela cidade, procurando por esse cara. Eu estava mais perto. Eles chegarão logo, logo. Enquanto isso...

Ele não completou a frase, apenas ajustou os propulsores e voou para perto de onde Venom esforçava-se para levantar. Estendendo as mãos, as palmas de suas luvas de metal começaram a brilhar.

Venom tinha os pés debaixo do corpo e estava usando a parede para se apoiar e levantar quando duas rajadas de concussão o pressionaram de volta para o chão. Cada centímetro do corpo dele parecia estar sendo martelado por uma britadeira. Ao contrário de um voleio de balas, o impacto era constante e vibrava por cada membro, como se a energia possuísse peso — um peso constante, *implacável*. Era pior do que levar um soco do Coisa.

— Meus raios repulsores vão prendê-lo até que...

A frase de Sentinela foi cortada, substituída pelo *VAM* contundente de uma explosão controlada. Venom tombou para a frente; seu oponente blindado colidiu com a parede, com o traje fumegando devido ao ataque. Ele foi ao chão e ficou ali largado.

— Alguém está atirando — disse Venom. — Atirando em alguém além de nós?

Ele esquadrinhou a área em busca do responsável pelo explosivo. Sob o bramir dos rotores, um pequeno helicóptero baixou do céu e inclinou-se para ele, flutuando a cerca de vinte metros do solo. Venom agachou, preparando-se para saltar dali caso o piloto resolvesse atirar mais um míssil, desta vez na direção dele.

Uma escotilha abriu-se na lateral da aeronave.

— Suba a bordo, Sr. Brock. — A voz veio do helicóptero. Era mais alta e modulada do que as vozes dos soldados do Júri. — Eu ofereço abrigo... e uma proposta.

Venom ponderou. Após um bom tempo, ergueu o braço.

– Sim, eu sei que é uma armadilha – disse –, mas temos outra escolha? O Júri estará aqui a qualquer momento. Além disso, talvez seja esclarecedor.

Uma tira de teia disparada das costas de sua mão voou num arco e acertou a lateral da máquina voadora. Venom saltou e se içou para cima, entrou na aeronave e encontrou um interior grande o bastante para levar meia dúzia de homens. Estava totalmente vazio, no entanto, e fracamente iluminado por uma fileira de LEDs ao longo do topo da cabine. Havia um banco único acoplado a um dos lados e um monitor de tela plana do outro. A porta da cabine de pilotagem era de aço reforçado, e não se via escotilha ali.

A escotilha exterior continuava aberta, embora a aeronave começasse a se mover em alta velocidade. Venom permaneceu de pé, com os pés agarrados ao deque.

– Muito bem – disse alto o bastante para ser ouvido por cima do som do vento e dos rotores, sabendo que alguém tinha de estar ouvindo. – Estamos aqui. O que querem?

A tela acendeu, revelando um homem muito arrumado, com cavanhaque feito e um corte de cabelo tão perfeito que devia custar um jantar para uma família de dez pessoas num belo restaurante. Sobrancelhas arqueadas e um olhar impiedoso conferiam a ele uma aparência sinistra.

Ou talvez fosse só o cavanhaque mesmo.

– Boa tarde, Sr. Brock – disse o homem. – Eu sou Roland Treece. Decidi que seria melhor tê-lo junto a mim do que contra mim.

Venom não respondeu.

– Portanto – continuou Treece –, gostaria de contratá-lo como meu novo chefe de segurança.

– Hmm... – Venom pendeu a cabeça, refletindo sobre aquela reviravolta. – O trabalho envolve a reforma que você vai fazer no parque?

Treece fez que sim.

– Envolve.

Após uma longa pausa, com um tom de voz quase infantil, Venom respondeu.

– Ok! – disse. – Nós aceitamos.

Dito isso, a escotilha fechou com força, e o helicóptero continuou sua jornada – para onde quer que os estivesse levando.

Venom abriu um sorriso maior ainda, revelando a totalidade de suas presas.

6

## DESERTO DE MOJAVE, CALIFÓRNIA

Depois de duas horas de voo, o piloto abriu a porta da cabine, permitindo-lhe que entrasse e visse o mundo que passava por baixo deles. Era uma ampla extensão de deserto com cores pálidas que se misturavam umas nas outras, cobre em marrons em brancos em cinza, todas entrecortadas por faixas e tiras pretas que ele sabia que eram acidentes geográficos. Ravinas, leitos de rio, depressões e até "florestas" de arbustos.

Se tinha ficado nervoso com aquela presença corpulenta – ou até com a saliva –, o piloto não deu o menor sinal.

Anos antes, Eddie fizera uma reportagem sobre helicópteros de combate e como se saíam em batalhas. Durante o processo, voara com um piloto num Comanche de cinco lâminas, uma aeronave de ataque de última geração. Aprendera os princípios básicos para se operar uma delas e adquirira uma noção razoável de como interpretar os medidores no painel de controle.

A presente aeronave estava se movendo com incrível velocidade. Se ele tivesse lido corretamente o velocímetro e feito a conversão adequada de nós para quilômetros, estavam cruzando a terra a quase 340 quilômetros por hora.

O piloto apontou para a frente.

– Aquele é o lugar, senhor.

Um conjunto de prédios discretos ocupava uma área plana que mais lembrava o leito de um lago de sal que secara. As instalações eram circundadas por cerca de arame e ostentavam um amplo e plano piso de concreto. O piloto começou a fazer ajustes, e o helicóptero perdeu altitude. Em questão de instantes, ele já tinha baixado a aeronave sobre um pequeno heliporto.

A escotilha abriu-se, e o piloto desligou o motor. Ele saiu da cabine, passou pela escotilha e acenou para que Venom o seguisse. Veio a luz do sol, uma sensação boa ao encharcar a cobertura escura que envolvia o corpo dele. Venom espreguiçou-se, deixando que os raios ultravioletas ajudassem a soltar músculos que tinham ficado tensos graças ao confinamento durante a viagem. O piloto acenou com o dedão para o edifício mais próximo.

– O Sr. Treece disse que é pra você ir vê-lo dentro do abrigo.
– Primeiro você – Venom respondeu.
– Mas...

Ele encarou o piloto bem de perto.

– Nós *insistimos*...

Dando de ombros, resignado, o homem seguiu na direção do edifício.

– Ah, fala sério – disse ele, olhando para trás, enquanto seguia caminhando. – E-eu sou só um empregado. Você não acha que eu sou tão burro assim pra tentar te enganar, acha?

Um grosso filamento desenrolou-se do peito de Venom, deu a volta no pescoço do piloto e ficou pairando ali como um laço.

– Visto que podemos espremer seu pescoço e arrancar sua cabeça como uma flor? – Venom refletiu. – Não.

Quase deu para ver o arrepio que o homem sentiu, mas ele não respondeu.

Portas de aço duplas se abriram com um barulhinho de hidráulica quando eles se aproximaram. Um ar frio envolveu-os, vindo da abertura que revelou um corredor de metal polido de uns quatro metros de altura e o mesmo de largura. Eles entraram, e as portas se fecharam com o mesmo som, deixando-os quase em total escuridão. Venom cutucou o piloto para que prosseguisse.

– Nós sofremos demais com a perfídia humana para confiar nos outros – disse ele. – Na verdade, nós só viemos com você para chegar perto o bastante de Treece e evitar mais alguma traiç...

Uma estreita fenda vertical abriu-se na parede assim que o piloto passou por ela. Uma fileira de bocais inseridos na fenda disparou chamas aos jatos por todo o corredor, atravessando o filamento do simbionte num lampejo fervilhante. Venom recuou, gritando de dor.

– Aaaaah!

Sob o calor cada vez mais intenso das chamas, o simbionte disparou novos filamentos e ficou se contorcendo como um ninho de cobras. Venom virou-se para escapar, mas outra fenda de metal deslizou para revelar uma segunda fileira de bocais. Antes que ele pudesse se mover, outra parede de fogo bloqueou a entrada. O calor redobrou de intensidade.

– Paredes de fogo nos prendendo! – Venom guinchou. – Quando pusermos as mãos em Treece...

– Oh, não culpe o Roland, meu caro.

A voz falou alto o suficiente para ser ouvida por cima do rugido dos jatos de chama. Alguns foram desligados na altura de seus olhos, criando uma fina lacuna pela qual ele pôde ver um homem ladeado por dois soldados de uniforme e capacete, muito similares aos membros do Júri. Apesar do calor projetado pelo fogo, o homem não transpirava. As chamas apareciam refletidas nas lentes dos óculos escuros que ele usava.

– Isso foi ideia minha – continuou. – Por favor, permita que eu me apresente: sou Carlton Drake, diretor da Fundação Vida. O Sr. Treece, um dos nossos membros diretores, comentou que você poderia ser útil na mais recente empreitada da Fundação. Por isso, eu preparei esta... recepção calorosa.

– Ele é um tolo! – rosnou Venom, brandindo a língua como um malho. Mesmo assim, sua voz tinha uma pontada de dor. – Seja lá o que quiserem, nós nunca ajudaremos uma escória como você!

– Ah. – Carlton Drake sorriu. – Não é você que nós queremos, meu caro. São seus filhos.

# NASCIMENTO FATAL

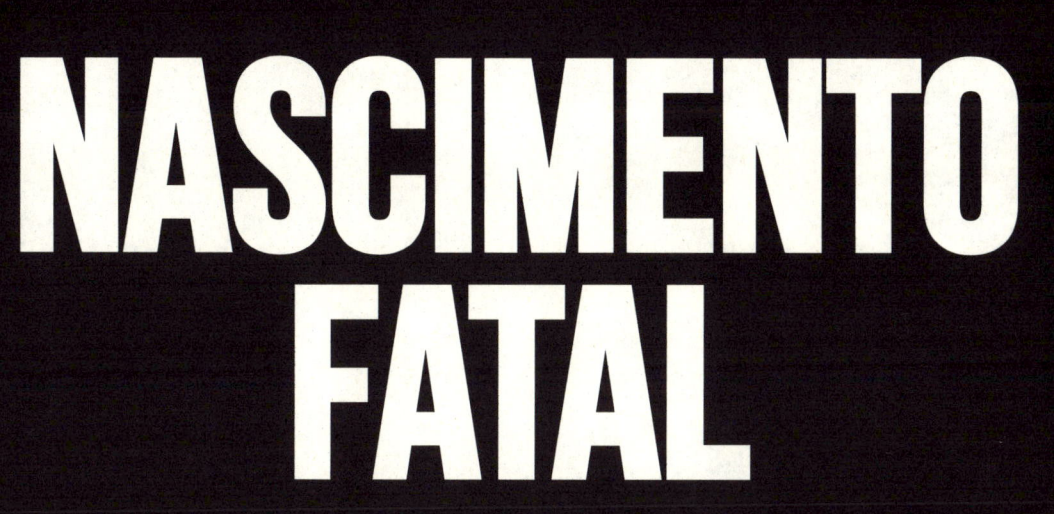

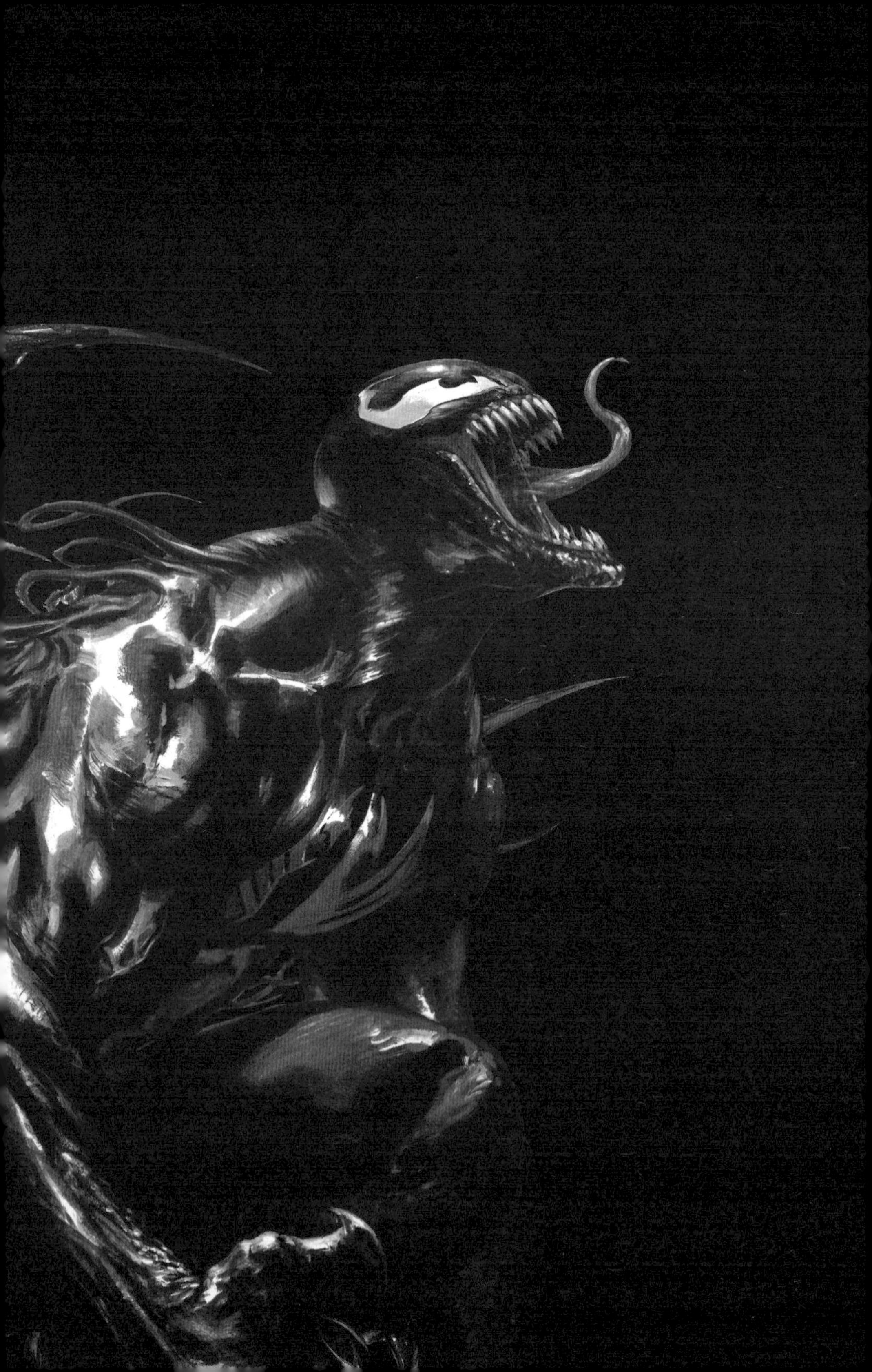

# 1

## DESERTO DE MOJAVE, CALIFÓRNIA

Tudo dói.

*Tudo.*

Estava preso num globo de energia sônica gerado por aparatos gêmeos que pendiam em ângulos de 45° acima dele. Flutuar no centro da bola o fazia sentir-se como se mergulhado numa cuba de formigas de fogo.

Formigas de fogo irritadas, que não paravam de morder.

A jaula sônica estava suspensa a quase três metros do piso do laboratório de última geração da base secreta no deserto. Equipamento avançado o circundava por todos os lados, toda parede coberta por tecnologia de um nível além da compreensão, e mais desta espalhada sobre balcões por toda a sala. Cientistas e técnicos passavam, apressados, e raramente olhavam na direção dele.

Venom não dava a mínima para ninguém mais.

Sua única preocupação era o homem de expressão sombria que usava óculos escuros e terno, parado diante da jaula, olhando para ele.

– Você! – berrou. – Carlton Drake! – Venom avançou adiante o máximo que a energia sônica que o confinava permitiu. – Chegue mais perto, pra podermos sugar seus pulmões pelo nariz!

– Muito gráfico, Sr. Brock – Drake disse, pendendo a cabeça. – Ou devo dizer "Venom"? – Ele riu baixinho. – Agradeço pela oferta, mas a Fundação Vida prefere me manter intacto. – Ele se aproximou da bola de energia e da figura revoltada que ela continha. – Na verdade, nossos clientes pagam caro por nossos produtos e serviços, pelo abrigo de emergência que fornecemos em caso de caos mundial. Sobrevivencialismo por encomenda, sem toda a complicação, por assim dizer... E eles esperam ter segurança caso tenham que se abrigar nesse ambiente de refúgio. E é aí que você entra.

Drake virou-se e dirigiu-se a um homem que estava junto de um painel de controle.

– Prossiga.

O homem aquiesceu e pôs suas mãos para trabalhar, fazendo ajustes no conjunto de medidores, e botões, e interruptores. Após um momento, pareceu satisfeito e pressionou um botão grande na lateral esquerda do painel. Um aparelho tubular ergueu-se do piso, apontado para a bola de energia sônica.

Apontado para Venom.

– Não! – Venom exclamou. – De novo, não!

Um raio fino como uma agulha, o mesmo raio que já tinha aparecido quatro vezes, cruzou o espaço, perfurou o globo sônico e acertou Venom no peito.

– Nos puxando... Está...

Homem e simbionte debatiam-se involuntariamente, contorcendo-se o máximo que o campo de contenção permitia. Membros tremiam sob o enorme esforço de tentar escapar da dor. A boca do simbionte retraiu-se, projetando os dentes, revelando o rosto do homem que havia ali embaixo. A dor era evidente. Cada metade de Venom se debatia e gritava, partilhando uma agonia duplicada, e seus gritos ecoavam pelas paredes.

Era como se o raio criasse raízes dentro dele, cavando com precisão de agulha, cortando fora uma parte sua. Um filamento fino do material simbiótico correu pelo raio, em direção à fonte.

A agonia parecia não ter fim. Brock gritou, emitindo um barulho primitivo, animalesco, um urro selvagem e inumano. O simbionte borbulhava e ondulava sobre seu corpo. O rosto que vestiam ficou líquido e descascou em camadas carnudas de dentes, e gengiva, e língua mole retorcida.

Ao longo do processo, Drake observava o simbionte e seu hospedeiro sem o menor sinal de emoção. Quando falou, foi numa voz calma e racional.

– Quando ouvimos falar da incrivelmente poderosa criatura conhecida como Carnificina, pesquisamos e descobrimos que suas habilidades vieram de uma cria do simbionte alienígena que você usa como traje – disse ele. – Isso nos abriu os olhos para possibilidades fascinantes.

A amostra do simbionte percorria o raio, chegando cada vez mais perto.

– Pensamos que, se pudéssemos obter e controlar outra cria do simbionte, poderíamos ligá-la a voluntários da equipe de segurança... seres humanos escolhidos a dedo. Fazendo isso, criaríamos os guardiões perfeitos para nossa clientela mimada e mão-aberta.

Vendo a substância alienígena aproximar-se, Drake ergueu uma placa de Petri, que tirou de um balcão próximo.

– Nossa clientela pagaria *qualquer soma* para usufruir de tão inigualável proteção – ele prosseguiu. – Com base nos exames feitos em sua metade simbiótica, muito obrigado por isso, essa é a "semente" final que nossos cientistas descobriram que você possui.

Ele ajustou a placa de Petri debaixo do raio e inclinou de modo que, quando passou, a amostra pingou na placa e ficou ali se contorcendo como se tivesse vida própria.

– Se eu tivesse tendência a ser melodramático, poderia chamá-lo de...

Ele ergueu a placa no ar para mais perto do cativo, que pendia, suspenso e ofegante, recuperando-se da agonia da extração.

– ... o último filho de Venom!

2

— NÃO ESTOU GOSTANDO DISSO.

Trevor Cole andava de um lado para o outro a passos largos e morosos que partiam de seus quadris, fazendo seus sapatos baterem ruidosamente nas placas do piso de um branco hospitalar. Todo o cômodo era branco. O piso, as paredes, o teto. Os poucos móveis eram todos de aço inoxidável escovado, que absorvia o brilho dos arredores. Havia uma mesa acoplada ao piso e cinco cadeiras ao redor. A mesa não era feita para se sentarem a ela, contudo – não com as canaletas que percorriam as beiradas e levavam aos drenos dos cantos.

Não era nem uma mesa de exames.

Era uma mesa de legista.

Estava tão claro dentro da sala que fazia doer os cantos dos olhos, os primeiros sinais de uma enxaqueca oftálmica. O técnico que os acompanhara até lá a chamara de a Sala Pálida. Pareceu apropriado, pelo menos na opinião dele.

– Ah, senta aí – rosnou Leslie Gesneria. – Ficar zanzando não vai fazer nada acontecer mais rápido.

Os três outros sobreviventes dos desafios no deserto fizeram gestos e murmúrios, concordando. Trevor apenas se virou e apontou para um homem que se reclinava em sua cadeira, com os pés apoiados na mesa. Estava com as mãos unidas na nuca, mostrando a tinta preta de tatuagens que fluíam por debaixo da manga da camisa.

– Por que você parece estar tão contente com tudo isso, Ramon? – disse Cole.

Ramon Hernandez suspirou, mas não alterou a postura, só ergueu uma sobrancelha.

– Vou ficar contente enquanto eles me pagarem.

– Eu *odeio* a Sala Pálida – persistiu Cole.

– Não é tão ruim. – Hernandez deu de ombros. – A luz não é tão forte quanto a do deserto perto de Candaar, quando o sol tá bem no alto e te odiando por viver debaixo dele.

– Nem tão forte quanto no Mojave, fora desta base – disse Donna Diego, brincando com uma mechinha de cabelo.

Cole rosnou e jogou as mãos ao alto, dispensando os comentários.

Diego apoiou os cotovelos na mesa.

– Você tem três refeições e uma cama, soldado, então por que tá reclamando?

– É o mesmo que ser um prisioneiro.

– Você não é um prisioneiro.

Cole parou de perambular e alfinetou Diego com o olhar.

– Acha que vão me deixar ir embora? Ou você? Ou qualquer um de nós?

– Não quero ir embora – ela respondeu. – O Sr. Drake está fazendo uma coisa *importante* aqui.

– Você sabe que *coisa* é essa?

– Uma coisa boa – Diego respondeu, de cara feia. – Com um propósito.

Gesneria, Hernandez e Carl Mach – que tinha permanecido em silêncio, apenas observando tudo, em plena meditação –, todos evitaram Diego e a intensidade em seu tom de voz.

– Não tem como você saber – disse Mach, rompendo o silêncio.

– Saber o quê? – ela retrucou, agora num tom baixo e tenso.

Mach ergueu as mãos, palmas para cima.

– Todos nós somos soldados...

– Eu não – corrigiu Hernandez.

– Sério? – Mach ergueu a voz, surpreso.

– Sério.

Ele resmungou.

– Hunf, eu achei que você era o tipo de soldado perfeito, exército nas veias.

– Nunca disse nada que sugerisse isso.

– Candaar?

Ramon sacudiu a cabeça.

– Não com os militares.

– Que estranho. – Mach deu de ombros. – Mantenho minha opinião: todos nós somos soldados, todos *exceto* Ramon, e vimos umas coisas, fizemos umas coisas, coisas *difíceis*. Às vezes até ilegais. Provavelmente até coisas do mal, se formos honestos. Não que *isso* seja provável. Não tem como supor que uma organização que tem uma base secreta esteja do lado dos anjos.

– De que lado estamos então, Sr. Mach?

A voz veio de lugar nenhum e de todos os lugares ao mesmo tempo. Sem aviso, nem mesmo um sussurro ou um crepitar a indicar algum tipo de alto-falante.

• • • •

Através do monitor de alta definição, Carlton Drake observava os cinco membros de sua equipe de segurança – os cinco sobreviventes – reagindo à sua pergunta. E ao fato de que ele estivera escutando.

Três deles – Carl Mach, Leslie Gesneria e Trevor Cole – ficaram tensos. Deu para ver os músculos se contraindo e a coluna endireitando. Todos os três puseram-se a esquadrinhar a sala em busca de algum indício de equipamento que permitia comunicação de via dupla. Não encontrariam, no entanto.

Eles eram *mesmo* soldados, treinados ao extremo por algumas das mais secretas unidades militares do mundo. Pessoal de operações especiais. Odiariam o fato de terem sido pegos de surpresa.

Com isso, ele abriu um sorriso.

Principalmente Carl Mach, que tinha acabado de falar uma bobagem. Que bom que ele não estava interessado nas habilidades interpessoais do Sr. Mach.

Diego e Hernandez permaneceram relaxados; não deram a mínima para o fato de que alguém os supervisionava. Isso não o surpreendeu, principalmente a postura do Sr. Hernandez. Assistira às imagens do desempenho do homem no desafio no deserto. Ramon destruíra drones e sobrevivera a armadilhas com a tranquilidade de alguém que passeia num domingo.

Mach recostou-se na cadeira, desistindo da procura pelo material de monitoramento. Sua voz soou clara quando ele falou.

– Você está do seu lado, Sr. Drake – respondeu à pergunta anterior. – Disso eu tenho certeza.

Drake tornou a sorrir.

– Muito bem, Sr. Mach, muito bem.

Ele apertou um botão no painel abaixo do monitor.

Era hora de começar.

• • • •

Um delicado clique rompeu o silêncio, e uma porção de trinta centímetros quadrados da mesa baixou uns dois centímetros e deslizou, revelando um recesso raso.

Nessa área secreta havia cinco discos – placas de Petri dispostas em duas fileiras, uma de três e outra de duas. O fundo do recesso ergueu-se sem fazer ruído até se nivelar com o restante do tampo da mesa.

Mesmo sob as luzes brilhantes da Sala Pálida, foi difícil dizer o que era aquilo que as placas continham.

Bolhas.

Pústulas.

Um bocado de lodo, um montinho de gosma, uma poça de meleca. Todas as alternativas pareciam adequadas.

Numa das placas, a substância lembrava uma colherada de gelatina mole. Em outra, o troço tinha a consistência mais firme de chiclete mastigado. Numa terceira, era como uma poça cintilante, enquanto nas últimas duas mudava constantemente, escorrendo por todo o vidro como mercúrio.

– Que é isso? – perguntou Trevor Cole.

A voz de Drake soou tão límpida quanto um sino.

– Esse é o último teste.

Ouviu-se um chiado arenoso e, sucessivamente, rachaduras começaram a se espalhar como teias de aranha pelo tampo de vidro de cada uma das placas.

• • • •

Drake assistia a tudo com fascínio.

Aquelas cinco pessoas eram sobreviventes comprovados, não somente pelos testes de campo no deserto, mas por uma miríade de desafios e exames aos quais foram submetidas desde que foram escolhidas. A maioria dos testes fora consensual – da avaliação de QI à desconstrução de DNA. Outros, como exposição a certos agentes estressantes como raios gama, raios cósmicos, até mesmo uma amostra de névoa terrígena, foram executados sem anuência. Os cinco nem sabiam que esses testes tinham sido executados.

Nem as pessoas que *não* sobreviveram.

Aquela era a etapa com maior número de incógnitas. Até mesmo o teste de terrígena apresentava mais precedentes. Quanto ao que aconteceria ali?

Os cientistas dele não tinham a menor ideia.

A única cria de Venom, Carnificina, não era de fato uma duplicata do original. Havia características similares, que ambos partilhavam, mas nada exato. Carnificina e Venom tinham a mesma habilidade de transformar sua biomassa, mas a empregavam de maneiras únicas. Enquanto Venom parecia sempre optar por maior tamanho e mais músculos, a criatura chamada de Carnificina usava sua habilidade com muito mais imaginação, transformando seus membros em armas para a matança.

O processo de extração guiada resultara em cinco "sementes" aparentemente distintas também. Cada uma assumira matiz diferente; uma passara para um tom chocante de magenta, enquanto outra mudava constantemente ao longo da área vermelha do espectro de cores, como uma espécie de pôr do sol líquido.

Quanto ao que os instrumentos informavam, no entanto, todas as cinco sementes eram viáveis para a ligação com um hospedeiro, e as cinco pessoas na Sala Pálida tinham a maior chance de sobreviver ao processo.

Restava saber quantas delas sobreviveriam.

• • • •

Ela se recusou a se mexer, a se levantar da cadeira, ainda que uma parte de sua mente – uma vozinha fraca lá no fundo – lhe gritasse para sair dali, para fugir. Mas sabia que essa voz era apenas o pânico.

Além do mais, não havia para onde ir. A Sala Pálida estava selada. Ela tinha certeza disso. E permaneceria assim até que fosse lá o que Drake pusera em movimento chegasse à compleição.

Um lado de Donna confiava nele implicitamente, ainda que ela não tivesse motivo algum para tanto. Então ficou ali sentada, em parte aceitando sua posição, em parte por ter fé em seu... chefe? Não. Não era bem essa a palavra.

*Líder.*

A única outra pessoa que ficou no lugar foi Ramon. Ela não ficou surpresa, mesmo sabendo que ele não tinha a mesma lealdade para com Drake. Não, ela tinha a impressão de que Ramon continuaria sentado diante de *qualquer* coisa que viesse a acontecer.

Os outros três – Leslie, Trevor e Carl – afastaram-se até colar as costas nas paredes, o mais distante que podiam da mesa. Pelo visto, tinham cedido à sua voz interior.

Ela não tirava os olhos da placa de Petri da esquerda. A coisa ali dentro cobria a base como uma pequena poça. A superfície ondulava como se alguém tivesse acabado de jogar uma pedra nela. As cores a hipnotizavam, o vermelho fluindo para o laranja, que fluía para o amarelo. Pôr do sol líquido.

A placa de Petri mais distante dela estilhaçou quando a coisa que continha forçou o vidro rachado. O fluido escorreu por sobre as lascas, escorrendo ao longo da mesa, até a beirada. Ali, ele parou, enrolando-se em si mesmo como uma ondinha de gosma, e ficou tremulando. Finas hastes flamulavam no ar como antenas. Após um bom tempo, a coisa lançou-se da mesa e voou pelo ar.

Ela acertou Leslie bem na bochecha, tirando da moça uma exclamação de susto.

Imediatamente, a gosma começou a se espalhar por seu rosto. Leslie meteu as unhas nela, cravou-lhe os dedos, mas não conseguia pegar nada. A substância passou por cima dos nós dos dedos e começou a encobrir-lhe também a mão.

Leslie escorregou pela parede e caiu sentada no chão.

Donna desviou os olhos da colega e tornou a mirar a placa de Petri com as cores do pôr do sol. A placa ao lado estilhaçou, a tampa explodiu numa nuvem de poeira de vidro, e a meleca que ali estava saltou para fora. Ela foi *pulando* sobre a mesa, quicando como se fosse feita de borracha. Depois de dois arcos, já estava no ar e voou na direção de Carl como uma bola de pingue-pongue sacada pelo jogador. Carl esquivou-se para o lado e golpeou a coisa, tentando jogá-la longe.

Ela grudou na palma da mão dele e não soltou mais. Carl gritou e tentou arrancá-la, sacudindo, enquanto a gosma se fundia à pele dele. Ele olhou para a própria mão horrorizado, vendo a pele começar a mudar de cor e os dedos ficarem mais compridos e pontudos. Ele caiu ao lado de Leslie e entrou em convulsão, no chão.

Mais uma vez, os olhos de Donna foram atraídos de volta ao pôr do sol líquido. Ele começou a se revirar na frente dela.

Os dois discos restantes foram despedaçados. As amostras deles começaram a se mover, ambas seguindo em direção a Ramon, uma serpeando como uma cobra de mercúrio, a outra rolando como uma bola de gelatina tremulante. Ao chegarem mais perto, começaram a avançar uma em cima da outra, lutando para ver quem o atacaria primeiro.

A cobra de mercúrio deu um bote para o alto, acertou a bola de gelatina e a fez quicar e rolar para longe. Aproveitando a vantagem, a amostra de mercúrio avançou para o alvo, subiu pelo braço e por cima da camisa. Ramon ficou com o corpo todo duro, cada músculo parecendo contrair – o que o fez dar um coice sobre a cadeira, conforme a substância fluida começou a se espalhar sobre ele.

A outra amostra mudou de direção, rolou para fora da mesa e sumiu. Donna já tinha perdido o interesse nela, de qualquer modo.

Tinha olhos apenas para o pôr do sol líquido. Inclinou-se sobre a mesa, tocou levemente com os dedos o vidro rachado, com gentileza, para não quebrar. Nem parou para olhar quando Trevor se sacudiu todo, como se tomado por um ataque epilético, e desabou no chão. Não, ela ficou vendo a coisinha da placa levantar-se para tocar o vidro, debaixo de seu dedo.

Em sua mente, ela ouviu uma vozinha:

– *Toque-me.*

Não foi preciso esforço algum para passar o dedo pelo vidro enfraquecido. Ela nem sentiu a ferroada quando ele o cortou em dois lugares. Seu dedo afundou-se no pôr do sol líquido. Ela sentiu seu alívio nos ossos e seu desejo na medula.

A coisa fluiu por seu dedo, expandindo-se por toda a pele. Para onde ia, fincava filamentos dentro dela, costurando-se a ela, ligando-se a ela.

Donna foi dominada.

Subjugada.

Desfeita.

Então veio a dor, tanta dor, uma dor exótica cantando por seus nervos. E ela *sentiu* o simbionte, *seu* simbionte, invadir seu fluxo sanguíneo e percorrer esse circuito cego até a esponja embebida em sangue que era seu cérebro. Ele abriu pétalas na mielina e fincou raízes no cerebelo.

*Casa*, cantou o Outro dentro do crânio dela.

*Bem-vindo*, ela respondeu, em coro.

# 3

## SANTA CRUZ, CALIFÓRNIA

O carro escorregou ao fazer a curva; os pneus traseiros não bateram na sarjeta por um triz. Uma vez alinhado, ele acelerou, ganhando velocidade.

A viatura da polícia rodoviária da Califórnia que o perseguia, luzes pulsantes e sirene aos berros, se saiu muito melhor na curva e acelerou mais rápido, com o motor de alto desempenho ajudando a diminuir a distância que a separava do sedã de médio porte usado como carro de fuga pelo trio de assaltantes armados.

Dias haviam se passado, e o Homem-Aranha ainda não tinha conseguido localizar Brock. Era como se o grandalhão tivesse sumido da face da Terra, e a inatividade estava deixando Peter maluco. Aquilo era *exatamente* o tipo de coisa de que ele precisava.

••••

Robby, Ratchet e Ron tinham acabado de assaltar uma loja de conveniência à mão armada. Ron escolhera o sedã para não chamar muita atenção quando estacionasse, dando aos outros uns momentos a mais para pegar de surpresa os funcionários da loja. Apenas um carro normal de dona de casa, não um carro de fuga para assaltantes armados, nada com que se alarmar.

Ele entrara no estacionamento às 10h38, bem perto da porta.

O roubo ocorrera conforme o planejado. Robby já estava na loja, "fazendo compras" havia dez minutos. Estava parado junto à entrada.

Ratchet, o mais confortável com armas, entrara na loja às 10h40, no horário mais tranquilo após a agitação da manhã e pouco antes de começar o segundo turno, quando as caixas registradoras ainda estavam abarrotadas de dinheiro. Ele metera seu revólver cromado, um .44 Magnum, bem na cara do gerente e exigira todo o dinheiro da loja.

Um dos atendentes tentara fugir, mas Robby estava lá para impedir, mantendo todo mundo dentro da loja, enquanto o dinheiro era enfiado num saco plástico – junto de uma caixa de cigarros, outra de tubinhos de energético e um punhado de sanduíches de sorvete.

Ron permanecera dentro do carro estacionado.

Ratchet e Robby agradeceram à equipe e aos clientes da loja de conveniência, saíram pela porta e entraram no sedã, e então partiram.

Tudo limpo.

Até que chegaram à rodovia.

*Caramba*, daquela vez foi rápido. Alguém de dentro da loja devia ter ligado para a emergência. Eles tinham uma descrição do carro, visto que estivera estacionado bem em frente às portas duplas de vidro, e agora o trio, após ter desistido da rodovia, tentava tirar de seu encalço os policiais que o perseguiam. Estavam perdendo a vantagem também.

Ratchet baixou sua janela e inclinou-se para fora, apontando a arma para a viatura da polícia rodoviária.

– Você quer a grana, cara? Vai ter que levar um pouco de bala junto – berrou ele aos ventos que sopravam furiosamente ao redor.

Puxou o gatilho três vezes. A pistola de alto calibre deu um coice a cada disparo.

*BAM!*

A arma pulou, e ele a trouxe para baixo, mirando de novo.

*BAM!*

Para cima e para baixo.

*BAM!*

Errou cada disparo. Errou feio.

Ratchet deslizou de volta, para dentro do sedã.

Um corredor, com os fones de ouvido no talo, não olhou antes de ir da calçada para a rua.

Bem em frente à viatura da polícia rodoviária.

– Um corredor! – berrou Robby. – Vai ser atropelado!

O policial atrás do volante deve ter pisado fundo no freio, virando com tudo o volante para a direita. A viatura girou e deslizou, fazendo os pneus gritarem contra o asfalto, depois soltou uma fumaça preta asfixiante.

Ela parou a apenas meio metro do projeto de atleta, que tinha travado onde estava, crente que já era um homem morto.

– Devíamos dar àquele babaca de shortinho uma parte da grana – riu-se Ratchet.

— É, a barra tá limpa — disse Ron, sorrindo tanto que os olhos estavam quase fechados.

*TOMP!*

Alguma coisa acertou o capô com tanta força que o carro sacudiu em suas estruturas.

— Hein? — disse Ratchet.

— É *ele*? — Robby mal podia acreditar no que via. — Ah, não!

— N-não pode ser! — berrou Ron.

• • • •

O Homem-Aranha, empoleirado no capô do sedã, espiava o trio de capangas de meia-tigela, apesar de ainda estarem voando baixo pela rua. De mãos grudadas no para-brisa, ele inclinou o rosto perto o bastante para ser ouvido.

— Buu!

Os três assaltantes pularam de susto, como se ele tivesse aparecido do nada com uma machadinha na mão.

Peter recuou.

*Beleza, acho melhor deixar essa coisa de dar susto pro Motoqueiro Fantasma.*

Com os punhos à mostra, ele acionou os lançadores de teia e cobriu o para-brisa com fluido grudento e gosmento. O carro começou a patinar.

*Isso, sim, é a marca registrada do Aranha*, pensou, orgulhoso. *E diminuiu bem a velocidade deles, então não vão bater naquela árvore com tanta força.*

Ele saltou, deu um mortal no ar e pousou graciosamente na calçada. Um instante depois, o veículo colidiu com um corpulento olmo num dos lados da rua, resultando numa chuva de folhas secas. Atrás de si, Peter ouviu o som da sirene anunciando a chegada da viatura da polícia rodoviária. Outra apareceu quase imediatamente, depois mais uma, e em questão de segundos o sedã amassado estava rodeado de policiais. O Atirador de Teias observou os agentes arrancando o trio do sedã, para então os algemar.

Enquanto o parceiro colocava o último assaltante no banco detrás da viatura, um dos policiais foi até o Homem-Aranha.

— Pode ser uma pergunta meio boba – disse ele –, principalmente depois do que você acabou de fazer, mas você é o Homem-Aranha *de verdade*?

Peter Parker sorriu por trás da máscara. Ele não sabia o que os policiais da Califórnia achavam dos vigilantes de uniforme, mas aquele ali parecia agradecido por ele ter ajudado a capturar os bandidos.

— Bom, eu não estou com a carteira de motorista pra te mostrar, mas, sim, sou eu – ele respondeu.

— Uau, nós agradecemos muito pela ajuda, senhor. – O policial era todo sorrisos e parecia falar com sinceridade. – Se pudermos fazer algo em retorno... – Ele não completou a frase, deixando a oferta em aberto.

Subitamente, o Homem-Aranha reparou que o sol começava a baixar no horizonte.

*Ai, saco...*

Ele tinha uma ligação a fazer.

• • • •

O Cabeça de Teia sentou-se no telhado de uma casa. Pouco adiante, na rua, um caminhão de reboque removia o sedã. Havia outra árvore grande logo à frente, que lhe dava um pouco de sombra. Era preciso ligar agora, ou seria tarde demais em Nova York e ele a perturbaria.

Ergueu a porção inferior da máscara e clicou no contato, no telefone.

— Oi, tigre – ela respondeu com uma voz doce, o ronronado baixinho e rouco que ele amava tanto quando ela usava o apelido carinhoso.

— Desculpa atrapalhar sua ioga, Mary Jane. – Ele não pôde deixar de imaginar sua linda namorada na roupa de malhar. – Só queria dar um oi e dizer que estou com saudade.

— Também estou com saudade, amor – ela respondeu. – Quando você volta pra Nova York?

— Logo, espero. Ainda não encontrei o Venom, mas estou com uma pista nova. – Ele hesitou, detestando deixá-la preocupada, mas resolveu contar-lhe a história toda. – Umas criaturas esquisitas foram vistas por aqui ultimamente. Pela descrição, parecem simbiontes... tipo o Carnificina.

Ele se inclinou no telhado, acompanhando o movimento da sombra.

– Não me parece coisa boa.

– Nem me fale – ele concordou. – Um andou atacando locais públicos, enfrentando a polícia – continuou. – É quase como se estivesse se testando, escolhendo lugares em que muita gente se reúne. Tem um em que ele ainda não foi, um shopping novo perto de Salinas. Tô indo pra lá agora, mas não se preocupe. Logo estarei em casa, são e salvo.

# 4

## DESERTO DE MOJAVE, CALIFÓRNIA

Não havia mais ninguém no laboratório. Todos os cientistas, os técnicos, Carlton Drake... foram todos embora. Nem um guarda restara para ficar de olho nele.

A prisão sônica o mantinha imobilizado. Incapacitado.

– Sei que isso é frustrante – disse em voz alta. – Humilhante para nós dois.

Venom estendeu a mão para a borda do globo. Era como pressionar uma borracha sólida. Quanto mais se aproximava dali, mais dor o simbionte sentia e rolava para trás, evitando contato direto, deixando exposta a mão de Brock.

– A parede de som é sólida, forte, mas é pior ainda para você. – Ele forçou mais, um centímetro à frente, depois mais um; o simbionte chicoteava seu braço, de raiva e agonia. – Tentar atravessar à força te causa dor tão intensa que eu sinto também.

Finalmente, ele retraiu a mão, e os filamentos se acalmaram.

– Eu me sinto quase feliz por eu e meu pai não nos falarmos. – O simbionte voltou a encobrir a mão dele, completando-os. – Antes de nos conhecermos, eu desenvolvi a minha força para impressioná-lo, mas, mesmo com o acréscimo do seu poder alienígena, nós somos um fiasco. – A frustração transbordava de dentro dele. – Meu pai teria vergonha de mim... – Ele suspirou e então terminou a frase: – ... de novo.

O simbionte ondulou por seu rosto, comunicando uma ideia.

– Hã? Que foi? – ele perguntou, e a criatura partilhou sua intuição. – Minha própria força... sozinha?

Para reforçar a ideia, o simbionte rolou para trás da mão dele, até o cotovelo, revelando os músculos torneados – a tal força que Eddie construíra por conta própria, antes da simbiose. Ele já levantava muito peso bem antes de o simbionte lhe conceder força sobre-humana.

– É claro! – concluiu. – O som não machuca a nossa metade humana.

Ele ponderou acerca das possibilidades.

– E isso significa que...

Seu sorriso cheio de presas reluziu sob as luzes do laboratório.

– *Simmmm*.

• • • •

## SHOPPING NORTHRIDGE, PERTO DE SALINAS, CALIFÓRNIA

Ele descia preso à ponta de sua teia num longo arco, pendurado em pleno ar, quando avistou o amplo estacionamento e o edifício esparramado que ocupava o centro como uma... bem, como uma aranha rastejante.

O Homem-Aranha voou para a entrada.

*Lá está o shopping,* pensou ele. *Mas será mesmo o próximo alvo?*

Como se para responder, um objeto grande – que parecia ser um daqueles mostradores com mapas que todo shopping tem – atravessou a enorme janela de vidro que ladeava a fachada do prédio, por cima da entrada.

*Ah!*, pensou ele, chegando mais perto. *Uma pista!*

A placa voou para o estacionamento numa chuva de vidro quebrado e caiu em cima de um Mini Cooper estacionado na vaga de deficientes. Ajustando seu balançar, ele atravessou o buraco deixado pelo mapa das lojas.

Lá dentro, era um caos só.

Detritos preenchiam o ar no saguão. Os clientes se abarrotavam junto das vitrines. Havia uma profusão de sons, pois as pessoas gritavam e berravam umas para as outras. As equipes de segurança davam instruções, e pais chamavam desesperadamente seus filhos. Todo objeto solto na área mais aberta estava quebrado, e até mesmo itens que antes eram pregados ao chão jaziam destruídos.

Parecia que uma bomba havia explodido ali.

*Ah, velho! O lugar está em frangalhos. Eu devia ter chegado mais cedo.*

O pensamento mal fora concluído quando um grito atravessou o ruído.

– Socorro!

Voltando-se para o som, ele viu uma mulher voando de costas por cima do corrimão do andar superior. Seu corpo girava no ar, braços e pernas soltos como se ela tivesse sido descartada como um brinquedo quebrado.

*Pensando bem,* ele refletiu, *acho que cheguei bem na hora.*

Entrando em ação num instante, calculou a trajetória e saltou para agarrá-la bem no meio do arco que ela traçava para baixo. Anos balançando na teia por uma cidade como Nova York tornaram suas ações intuitivas. Quando ela caiu em seus braços, ele mirou num ponto livre do piso rachado e absorveu o impacto com os braços e as pernas, dobrando-se em volta da moça para impedir que se machucasse no pouso.

Levantando-se com ela ainda nos braços, viu o choque em seu rosto. Ao redor, pessoas corriam, tentando encontrar abrigo, e o barulho da violência ecoava pelos corredores.

– Calma, moça – disse ele. – Vai ficar tudo bem.

A mulher começou a chorar.

– A quem você quer enganar, meu chapa?

Um homem mais velho de cabelos tingidos em exagero e bigode grosso estava junto de um grupo de espectadores, clientes que tinham vindo ao shopping numa quinta-feira normal, sem jamais imaginar que se veriam presos numa zona de guerra. Ele apontou para o topo da escada rolante, onde os sons do massacre estavam mais altos.

– Ainda que você seja *mesmo* o Homem-Aranha – disse o sujeito –, você não tem a menor chance contra *aquilo*!

O Atirador de Teias olhou para cima.

Havia uma simbionte em meio aos destroços, no segundo andar. Era alta, esguia e tinha um corpo poderosamente esculpido. O rosto era preto e lembrava o de Venom, com a boca cheia de dentes perversamente afiados. Tinha largos olhos brancos e nenhum nariz. O restante do corpo era uma estampa oscilante, que passava de tons profundos de vermelho, da cor do sangue seco, para amarelo brilhoso num ondular constante, como brasa quente. Flamulando atrás dela via-se uma massa impossivelmente longa de cabelo espesso, em boa parte de um amarelo vívido, com um tom vermelho de fogo no topo.

O cabelo se movia como se tivesse vida própria, ondeando violentamente em seu entorno. Era muito mais comprido que o corpo dela e mantinha reféns – um homem e uma mulher amarrados com firmeza por entre as madeixas. Os dois pareciam sentir dor, e o homem lutava com os dedos contra as mechas que apertavam seu pescoço.

O novo inimigo exibia um enorme sorriso perverso, mostrando os dentes afiados.

– Ora, ora! – Sua voz tinha algo de áspero e sibilante, um tom grave, rouco, vibratório, que era de arrepiar. – Um verdadeiro super-herói? Perfeito! – Ela veio se aproximando com os reféns ainda suspensos atrás de si. – Partir você ao meio – disse – vai fechar nosso pequeno exercício com chave de ouro.

*Oh, não*, pensou o Homem-Aranha. *Outro! Isso é a repetição de um déjà-vu.*

# 5

## DESERTO DE MOJAVE, CALIFÓRNIA

Ele observava todos.

Carlton Drake.

Os técnicos e os cientistas. Estudava-os com a maior atenção possível enquanto trabalhavam nos controles, dando o seu melhor para memorizar o que cada interruptor, cada botão, cada tela executava.

Os guardas sem rosto, com seus capacetes espelhados.

Ah, os guardas, ele observava com *muito* cuidado.

Passavam em volta dele, confiantes e relaxados. Ele estava enjaulado. Preso. Impedido. Haviam resolvido esse problema e não tinham nada a temer.

*Perfeito.*

– Sei que você já viu isso antes, Sr. Brock – disse Drake –, mas eu ainda acho fascinante.

Ele estava do outro lado da sala, longe da prisão sônica. De costas para o prisioneiro, Drake estudava um grande tubo vertical cheio de um líquido esverdeado e uma porção das sementes que tinham sido tão dolorosamente extraídas. A amostra restante estava suspensa no centro do tubo. Os guardas afastaram-se, para que pudesse ver melhor. O gesto trouxe um deles para perto da jaula sônica.

Mas não perto o bastante.

– Não foi fácil – continuou Drake, sem se virar – encontrar uma maneira de acelerar a maturação da sua semente simbiótica, entretanto nós prevalecemos, e as crias já foram combinadas com os hospedeiros perfeitos... os poucos que sobreviveram. Na verdade – ele acrescentou –, parece que elas escolheram os hospedeiros de propósito. Foi fascinante de ver.

Um aparelho aproximou-se do tubo verde; a ponta pulsava com uma espécie de luz que banhou a semente. O glóbulo simbiótico explodiu num frenesi de filamentos e tentáculos.

O guarda chegou um pouco mais perto.

– Mandamos nossos recrutas testarem seus poderes, para determinarmos se serão mesmo protetores habilidosos. Vão enfrentar a polícia e outros da laia deles, e, se o sucesso que tiveram até agora for indício de alguma coisa, essa amostra será tão...

A exclamação engasgada que ouviram vindo de trás o interrompeu. Ele deu meia-volta e flagrou um dos guardas sendo atacado.

Por Venom.

O braço de Brock, livre de qualquer traço do simbionte, estendido através do invólucro da esfera sônica, com aquela mão larga travada na garganta do guarda. Músculos inchados, veias saltadas ao longo da superfície, tendões que vibravam com a tensão.

Todos na sala ficaram chocados.

– E-eu não entendo – resmungou um dos técnicos. – Essa jaula deveria conter um ser humano normal.

– Seu idiota! – berrou Carlton Drake. – Brock tem a força de um atleta olímpico! Você deixou os níveis muito baixos.

Embora sentisse muita dor por causa da barreira sônica, o simbionte continuava a cobrir boa parte do corpo de Brock, conferindo-lhe sua energia, incrementando a força já considerável do rapaz. Ainda assim, Brock sabia que tinha poucos segundos para agir. O choque diante de sua atitude logo passaria, e um técnico aumentaria a intensidade da jaula, pondo fim à tentativa de libertar-se, ou os guardas apareceriam em peso no laboratório trazendo armas projetadas para feri-lo.

Ou matá-lo.

Ele flexionou o braço, tirando o guarda do chão, e, com um grunhido profundo, arremessou o homem no painel de instrumentos. O guarda bateu com o capacete no painel eletrônico, que amassou para dentro, não tendo sido projetado para suportar um impacto tão pesado. Uma energia azulada faiscou em todos os instrumentos com o curto-circuito, e muitos fios se soltaram de suas conexões soldadas. Filamentos de fumaça espiralaram para cima em torno do guarda, que jazia inconsciente no chão, como uma pilha de roupa suja.

– E-ele arremessou o Ricardo nos controles! – alguém exclamou. – Tá tudo dando curto!

A jaula sônica piscou, pulsando com o fritar dos circuitos. Ela brilhou uma vez, mais intensa, banhando Venom com uma onda de dor formigante, depois sumiu.

– O monstro está solto!

Livre da dor e do confinamento, o simbionte engolfou Brock antes mesmo que este tocasse o pé no chão. Num piscar de olhos, começou a transformá-los agressivamente, engrossando membros, acrescentando biomassa e inchando em proporções monstruosas. As presas multiplicaram-se, tão amontoadas que a mandíbula distendeu. Vazava um pus esverdeado da hedionda língua vermelha, o qual pingava em grandes poças no chão. As garras se estenderam, afiadas o bastante para rasgar o aço.

Os olhos de Rorschach perderam seu contorno linear, ganharam bordas serrilhadas, refletindo a raiva.

– Com certeza – rosnou Venom numa voz alienígena. – Solto, furioso e muito, *muito* faminto!

Num salto ele estava no meio dos guardas. Meteu as garras no visor do que estava à esquerda, depois estilhaçou o da direita com um terrível gancho. Este último caiu com tudo no chão, com fragmentos de seu visor de proteção fincados no rosto. Venom fechou os dedos da mão esquerda, enfiando as garras no capacete como se fosse feito de papel machê. Bastou um puxão ligeiro para arrancar fora o visor. Escorreu sangue do interior, onde as garras dele tinham rasgado o guarda que o usara até um segundo antes. O homem caiu de joelhos e levou as mãos ao rosto para conter o sangramento.

Mais agentes de segurança invadiram a sala, todos armados. Venom arremessou o capacete ensanguentado aos pés deles. O objeto deslizou pelo piso, deixando uma trilha irregular de sangue, até parar bem na frente deles, onde ficou girando no lugar.

– Mais coleguinhas – Venom rosnou. – Quem sabe vamos começar quebrando todos os visores, melhor. Isso... – disse a si mesmo. – Isso deve facilitar para decidir qual rosto vamos comer *primeiro*.

Movendo-se com velocidade inumana, o anti-herói coberto pelo simbionte cruzou a sala, derrubando o primeiro guarda que encontrou com um golpe de punho, que estilhaçou o acrílico e deslocou o capacete para o lado. O guarda girou, tirado do chão pelo impacto que fez seus ombros voarem para trás e para baixo. Ele caiu como um guardanapo amassado, jogado no cesto de lixo.

Venom deu conta dos dois seguintes com um gancho de direita implacável como uma bola de demolição. Os nós dos dedos colidiram com o rosto dos guardas, deixando rachado o visor de ambos. O primeiro implodiu, e quem o usava deu uma pirueta, girando totalmente no ar, para então cair de cara num piso imperdoável. O segundo guarda vacilou, mas conseguiu manter-se de pé e não desmaiar.

Ele via seu agressor pelo buraco no visor, onde a proteção fora desintegrada pelo ataque. Sangue encobria seus olhos como lágrimas num funeral, fazendo a parte branca quase brilhar lá dentro do capacete. Mesmo assim, ele não piscou para evitar o sangue; apenas continuou olhando, com olhos esbugalhados, para a criatura que acabara de dizimar boa parte de sua equipe.

Antes que qualquer um dos dois pudesse dar mais um passo, houve um estouro sonoro de rachar os ouvidos, e o mundo de Venom foi dominado por uma dor de enlouquecer. O simbionte explodiu do corpo de Brock. Sua coluna arqueou para trás, dobrando-se num arco impossível. O ciclo psíquico de dor ateou fogo em seu cérebro, e todos os seus músculos retesaram-se.

Ficou encaracolado no chão, deitado no piso gelado, convulsionando em meio aos farrapos que eram o simbionte. Carlton Drake aproximou-se e acenou para o guarda que portava o rifle sônico que derrubara o prisioneiro.

— Esse é o resultado de armar bem os funcionários — disse e dirigiu-se ao técnico que estava por perto. — Ative a jaula sônica auxiliar.

O técnico assentiu e foi fazer o que lhe era ordenado.

— E certifique-se de que a densidade seja mantida em nível mais alto, desta vez. — Ele olhou para Brock e o simbionte esfarrapado, largados no chão. — Embora eu me pergunte, agora que temos toda a cria de que precisamos, se é realmente necessário manter o Sr. Brock vivo.

# 6

## SANTUÁRIO, DEBAIXO DO PARQUE DEL RÍO
## SÃO FRANCISCO, CALIFÓRNIA

O carrinho de compras, abarrotado de itens recuperados, chacoalhava ao ser conduzido por Elizabeth por sobre o solo rochoso. Estava escuro dentro do túnel, mas ela podia ver o brilho das ruas iluminadas pelas lâmpadas do Santuário logo à frente, para além da saída dele. Timothy andava ao lado dela, carregando um pacote de alimentos que lhes deram no banco alimentar na avenida Pensilvânia.

Como todos os residentes do Santuário, eles levariam seus achados ao centro de distribuição, onde comida, roupas e outros suprimentos eram doados, de forma que as necessidades fossem sanadas.

Passando para a luz, a dupla deixou o túnel. O barro deu lugar a uma via de terra batida, facilitando muito a condução do carrinho.

O menino suspirou.

Ela olhou para ele. Havia algo errado?

Para responder à pergunta feita apenas com o olhar, ele disse:

– Eu esperava que a gente visse o Sr. Brock lá em cima, mãe.

– Eu sei, Timothy – ela respondeu. – É uma pena o Conselho não ter permitido que ele ficasse no Santuário. Ele era um amigo, e nós precisamos de todos os amigos que pudermos encontrar.

Eles viraram numa esquina, em direção ao centro de distribuição. Encostado ali, numa parede, estavam o homem magricela e o pastor da cara feia. Ambos pareciam ter ouvido o que ela dizia.

– Fala sério, Elizabeth – disse o magrelo, olhando feio para ela. – Você devia usar as histórias do Venom pra assustar seu garoto e obrigá-lo a fazer seus deveres. Aquele maluco é um *monstro*, não um fantasminha camarada.

Elizabeth detestava demonstrar raiva na frente do filho, mas o sentimento ardeu, quente e vívido dentro dela, e ela não conseguiu manter o controle sobre a voz.

– Você é um tolo, Nathaniel! – disse, metendo o dedo na cara dele. – Já se esqueceu de que o Venom protegeu nós todos dos Escavadores de Roland Treece? E se eles voltarem? O que vamos fazer? O que *você* vai fazer?

O pastor interveio, e sua voz exibia todo o controle que faltava à de Elizabeth.

– Se voltarem, minha filha, Deus nos protegerá.

Ela pôs a mão no ombro de Timothy.

– Eu rezo por isso, reverendo Rakestraw, porque, se aqueles demônios mecânicos voltarem *mesmo*, só nos restará rezar.

••••

## SHOPPING NORTHRIDGE, PERTO DE SALINAS, CALIFÓRNIA

O chão explodiu numa nuvem de piso quebrado e concreto. Ele quase não conseguiu escapar quando a massa dourada de cabelo simbiótico tentou transformá-lo em purê. O cabelo recolheu-se, retraindo-se para seu hospedeiro, e ele voou por cima, impulsionado pela força proporcional de uma aranha.

*Ela não aciona meu sentido aranha mais do que o Venom ou o Carnificina.* Ele deu um mortal em pleno ar e pousou agachado atrás de sua agressora. *Mas a mulher que está dentro é nova nisso...* Ele pôs as mãos no solo e se inclinou para a frente. *E isso me dá uma vantagem.* Usando a mesma força que o impulsionara por quase dez metros ao cruzar o saguão, o Homem-Aranha deu um chute. Seu pé acertou bem na cabeça a mulher simbiótica, que cambaleou e foi parar do outro lado da sala.

A simbionte quicou num caleidoscópio de tons de vermelho e amarelo ao colidir com o solo, em frente à escada rolante. Ela rolou e parou agachada, sacudindo a cabeça.

*Droga!*, pensou ele. *O traje alienígena absorveu o impacto. Ela já tá se recuperando.*

O cabelo da simbionte chicoteava em torno dela, parecendo agir por vontade própria. Chegava a raspar o chão; quando ela atacou, ele pareceu crescer para mais de dez metros de comprimento. Isso o fez lembrar-se de Carnificina, que usava suas habilidades para confeccionar armas de incrível alcance.

Ele não queria acabar entrelaçado naquelas madeixas.

*Talvez um pouco de teia.*

Ele disparou dois jatos nela, enquanto ela se levantava. O cabelo a envolveu, formando um escudo. A teia o acertou e foi destruída no mesmo instante.

*Opa! Ela é rápida.*

O cabelo enrolou-se em torno de uma árvore de tronco grosso, que havia num pesado vaso redondo. O bordo de quinze metros de altura pesava centenas de quilos, entretanto a simbionte o arrancou da terra como se não pesasse nada. Ela perfurou o Aranha com o olhar e arremessou a árvore.

*Bem rápida!*

O Homem-Aranha saltou o mais rápido que pôde, mas mesmo assim as raízes rasparam suas canelas. Doeu. Bastante. Era preciso ganhar um pouco de distância. Quando tocou o chão, ele deu outro impulso e saltou do piso do saguão para o teto, lá no alto. Pousando de cabeça para baixo, ficou pendurado ali.

– Já está fugindo? – exclamou a simbionte. – Isso vai ser mais fácil do que eu imaginei.

*A-hã. Continue pensando assim. Um lutador experiente não subestimaria o oponente. Eddie não cometeria esse erro.*

A mulher agachou, reunindo os cabelos em torno de si. Com um berro de raiva, ela saltou para ele, movendo-se num borrão de cores líquidas que eram seu cabelo vivo e as garras estendidas.

*Não me atacaria sem ter um plano.*

Ela cruzou o espaço que os separava, ainda gritando. O Homem-Aranha arremessou-se do teto.

*Não cairia numa armadilha.*

Ele a acertou como um tiro de canhão. A gravidade estava a seu favor, tanto quanto o impulso da oponente. Toda aquela energia cinética a golpeou quando ele a atingiu como um míssil. Então ele girou para o lado e fez um pouso controlado sobre os pés, como se acabasse de descer o último degrau de uma escada.

A simbionte não teve tanta sorte. Ela desabou no piso de lajota com um baque, gerando uma nuvem de poeira e detrito. Não muito longe de um grupo de espectadores amedrontados.

*Ah, que ótimo...*

• • • •

Ela sentia dor. *Eles* sentiam dor.

No interior, sua mente era um redemoinho, um turbilhão de confusão e ecos.

*Estou em apuros.* Foi apenas isso que conseguiu pensar, largada ali sobre o piso rachado, sentindo a dor castigar seu corpo todo. Ela dera conta de seres humanos normais, até mesmo os armados, como a polícia, mas o Homem-Aranha a tratara como uma boneca. Ela tinha achado que estava indo bem, que poderia derrotá-lo. Então ele a arremessara ao chão como um pardal arrancado das mãos de Deus.

Ela não estava pronta para ele.

O simbionte abriu uma fenda na pele quando ela levou o punho para perto da boca, revelando um aparelhinho preso ali. Sua voz, mesmo modulada pelo esquisito timbre alienígena do simbionte, ativou o comunicador.

— Agente quatro requisitando evacuação de emergência.

Não seria possível esperar pela confirmação. O Homem-Aranha vinha em sua direção, então ela esquadrinhou a área em busca de opções.

Seu novo rosto esticou-se num sorriso cheio de dentes. Por meio da ligação que tinha com o simbionte, ela sentiu exultação em dobro.

*Agora, para manter o Atirador de Teias longe do meu pé.*

Seus cabelos ondularam para fora, crescendo, se esticando, até que se enrolaram num rapaz que filmava a briga com o celular.

— Ei! — ele exclamou, largando o aparelho ao ser erguido do chão. — Não!

O protesto passou para um grito quando ela içou o homem para o alto, brandindo-o por um momento antes de arremessá-lo como o pedaço de lixo que era.

Bem na direção das janelas de vidro da entrada do shopping.

• • • •

– Não! – gritou o rapaz de uns vinte e poucos anos ao voar pelo ar, totalmente fora de controle.

Ele fechou os olhos, preparando-se para morrer.

– *Calma* – disse uma voz em seu ouvido. – *Te peguei.*

O rapaz abriu os olhos e viu dois braços fortes em torno da sua cintura, e algo o puxou para o lado. Seu estômago revirou quando o Homem-Aranha deu um mortal e o pousou são e salvo.

– Ufa!

O Atirador de Teias o largou. Ele estava fraco e tonto, mas conseguiu ficar de pé.

• • • •

Ao pousar gentilmente o rapaz, Peter pôde sentir o coração dele bater como o de um coelhinho encurralado. Teve receio de que o moço fosse cair, com os joelhos fracos demais para sustentar-se, mas, por mérito próprio, ele ficou de pé. Logo estaria melhor.

– Agora, para...

O Homem-Aranha virou-se, olhando ao redor do saguão, à procura da simbionte.

– Hã? Ela sumiu. Aonde foi?

Começaram a sair pessoas de trás da mobília – as que tinham ficado – e convergiram para onde ele estava. Um deles, um jovem de camiseta verde e bermuda larga, apontou para o alto.

– Eu a vi na escadaria, senhor – ele gritou. – Tá indo pro telhado.

O Homem-Aranha acenou em resposta.

– Obrigado!

Lançou uma teia e saltou em direção ao telhado.

• • • •

Envolvido em sombras, o Homem-Aranha escalou a beirada do telhado.

Escuridão mesmo, não uma sombrinha. Entre ele e o sol havia uma aeronave em forma de retângulo achatado, com um conjunto de lâminas que giravam no topo.

*Uma espécie de planador. Acaba de decolar.*

A aeronave baixou um pouco, mais adiante, e começou a afastar-se do prédio, ganhando velocidade ao fazê-lo. O Homem-Aranha estendeu o braço e disparou um jato comprido de teia. Ela fez um arco bem alto no céu e acertou a traseira da lustrosa aeronave.

*Peguei!*

O planador alçou voo, tirando o Homem-Aranha do telhado e pendurando-o em seu encalço. Com o vento cada vez mais feroz, açoitando-o como a uma *piñata* de festa, ele foi subindo pela teia.

*Ou foi ele que me pegou?*

Peter não fazia a menor ideia de onde acabaria aquela viagem.

# 7

## SÃO FRANCISCO, CALIFÓRNIA

– Ele desmaiou de novo, Sr. Treece.

O local cheirava mal.

Não, não era bem o *local* que cheirava mal. Era uma caixa de concreto vazia nas profundezas das fundações da Treece International. Cheirava a pó de gesso e ar rançoso, aromas que ele, na verdade, considerava reconfortantes. Lembravam-no de sua infância.

De sobrevivência.

Não, o local não cheirava mal. O homem largado na cadeira cheirava mal. Sujo, roupas e corpo.

Suor.

Cuspe.

Sangue.

Desespero.

Tudo isso e mais misturado emanavam dele, assado sob o cone de luz amarela emitida pela solitária lâmpada incandescente que fornecia a única iluminação.

O homem não estava mal alimentado – não, ele tinha carne nos ossos. Pouco antes de ter se tornado morador de rua, devia estar em boa forma. De seu lugar, nas sombras, Treece podia ver os vestígios de um físico atlético que havia deteriorado. Agora o homem estava pendurado nas cordas que o atavam à cadeira; a cabeça pendendo sobre o peito, inconsciente.

– Bem – Treece disse a Crane, seu chefe de segurança. – Acordem ele.

– Sim, senhor – aquiesceu Crane. – Vou preparar outra injeção.

Treece aproximou-se do homem na cadeira.

– Ele é o primeiro morador do parque que capturamos vivo – disse. – Tenho que saber o que ele sabe.

Outro homem na sala falou.

– O que um vagabundo poderia saber que...

– Jenkins – Treece interrompeu. – Eu te pago para fazer perguntas?

– Hã, não.

– Então não faça.

Crane retornou para o círculo de luz. Tinha na mão uma seringa.

*Existe uma fortuna em ouro debaixo daquele parque*, pensava Treece, *mas se aqueles indigentes a encontrarem, se a levarem a público, a cidade pode querer ficar com tudo.* Pensar nisso o fez sentir uma pontada de dor na têmpora direita. *Tenho que localizar seu acampamento no subsolo e tirar todos da jogada.*

*Por bem ou por mal.*

Crane fincou a seringa no pescoço do homem. No segundo em que a removeu, viram-no sacudir as pernas e dar um pulo, acordando. Ele virou o rosto bruscamente, olhando para todo canto, tentando encontrar um jeito de escapar.

Roland Treece ponderou acerca do que estava prestes a fazer a outro ser humano.

# 8

## DESERTO DE MOJAVE, CALIFÓRNIA

O elevador pneumático desceu para o interior do sombrio hangar. Assim que as barbatanas da aeronave cruzaram o limiar da superfície, as portas retráteis hidráulicas começaram a deslizar para fechar-se. Em questão de instantes, o local, que estava mais para um armazém, foi imerso em escuridão quase total, exceto por uma fraca luz ambiente.

Foi um alívio.

Viajando ali, do lado de fora da aeronave, ele fora esquentando cada vez mais conforme cruzavam o deserto. O brilho do sol estava quase doloroso.

Já se sentiu melhor só por se refrescar um pouco.

O elevador parou, nivelando-se a uma plataforma. Sob a ponta dos dedos, o Homem-Aranha sentiu a lataria da aeronave vibrar ligeiramente quando algum maquinário em seu interior começou a funcionar. Ele rastejou para cima, ao longo da carapaça de metal ainda quente, apenas segundos antes de a escotilha abrir-se e quatro pessoas saírem.

Pessoas *humanas*.

Um homem usava um macacão que parecia o uniforme de um piloto de caça. Dois outros também usavam uniformes. Estes tinham um corte mais militar e incluíam capacetes com visor que cobria o rosto todo. Como resultado, não havia como dizer se eram homens ou mulheres, embora tivessem ombros largos.

A quarta pessoa era uma mulher. Eles seguiram para uma abertura que parecia ser a entrada de um corredor. O hangar em que estavam tinha mais destas e também algumas portas.

*A mulher deve ser aquela que eu enfrentei.*

Era alta, tinha cabelos longos – não do comprimento da simbionte, mas alcançavam a lombar. Parecia ser bem bonita. Usava camiseta preta e calça jeans.

*O simbionte dela se moldou em roupas civis.*

Os quatro passaram pela abertura sem nem checar os arredores. Ele pensou em segui-los, mas num corredor seria difícil fazer isso sem ser visto. E ele não fazia a menor ideia de para onde estavam indo.

*Posso lidar com eles depois*, decidiu.

Saltando da aeronave e cruzando o hangar em poucos pulos e saltos rápidos, cobriu o espaço que o separava de outra das aberturas. Não havia como discernir que tipo de equipamento eles tinham para prover segurança. Talvez câmeras e sensores de alta tecnologia. Não dava para ver nada – porém, de todo modo, ele tinha conhecimento em ciências, não em engenharia, então podia estar olhando diretamente para um aparelho desses e não necessariamente saber.

Ele preferiu não se preocupar com isso. Não tinha muito que fazer a respeito. Seu plano usual de improvisar o levara até ali e teria de bastar pelo restante do caminho.

O corredor mal iluminado em que se encontrava era estreito demais para lhe permitir pular a distâncias consideráveis, então ele foi rastejando ligeiro pela parede.

*Agora eu tenho que saber do Venom.* Olhando para a frente, não via sinal algum de movimento. *Vejamos, qual é o melhor jeito de...*

Sua nuca ficou quente; um formigar elétrico ateou fogo em suas têmporas. Ele estancou onde estava, com os sentidos em alerta máximo.

*Sentido aranha! Tem alguém vindo pra cá.*

Luzes acopladas ao teto se acenderam, banhando o corredor inteiro com uma iluminação suave e límpida.

*Beleza, vamos de abordagem direta.*

Ele passou para o teto e achatou-se para obter o maior elemento surpresa que pudesse. Entrou um guarda no corredor, de rifle e capacete com visor. O homem caminhava seguro, sem notar o herói que o espreitava acima. Quando estava prestes a passar por baixo dele, o Homem-Aranha chamou.

– Com licença.

O guarda deu um pulo para trás e murmurou:

– Hã?

O Aranha baixou-se até ficar máscara a máscara com o guarda.

– Acho que eu estou perdido – brincou ele. – Sabe me dizer onde fica o banheiro?

Nesse instante, um segundo guarda apareceu no corredor. Vendo o Homem-Aranha descer do teto, ele soltou um berro.

– Mas o que...? – E ergueu o rifle. – Cuidado!

*Tudo que eu precisava... reforços do inimigo.*

No fim do corredor, portas duplas abriram-se.

*E mais vindo do elevador.* Quatro guardas armados de visor apareceram ali. *Quem convocou essa reunião? Não era isso que eu queria.* Girando, ele agarrou o guarda, ergueu-o no ar e o arremessou para o corredor, contra os recém-chegados. O homem colidiu com os colegas, derrubando dois deles no chão.

Então o Homem-Aranha mirou o braço para trás e acionou o lançador de teia, espirrando um jato sobre o guarda que tinha o rifle apontado contra ele. O fluido grudento selou a arma junto ao peito do homem, melecando o gatilho, o ferrolho e as mãos dele.

Os dois que continuavam de pé começaram a avançar. Atrás de si, Peter ouviu o som de mais seguranças chegando.

*Teria ido mais longe se tivesse mantido a discrição. Tenho que tirar "abordagem direta" da minha lista de opções.*

*Paciência...*

Num salto ele estava no meio deles, brandindo punhos num frenesi de ação. Capacetes e visores rachavam sob seus golpes conforme ele jogava uns contra as paredes e outros contra o chão. Um deles atacou com o rifle, rachando a soleira da arma quando esta pegou bem no quadril do Cabeça de Teia. Por mais que doesse, logo a dor foi sobrepujada pela adrenalina bombeada por toda sua corrente sanguínea.

Ele meteu a mão no braço do homem e agarrou-se a ele para usá-lo como se fosse um cavalo com alças. A cabeça do guarda bateu na parede quando o herói deu um giro apoiado nele, feito um ginasta. Por mais rápido que derrubasse alguns, no entanto, outros retornavam à briga.

– Venom! – berrou o Homem-Aranha ao enfiar o pé no visor de outra defensora, que tinha uma pistola na mão. – *Cadê ele?*

O chute empurrou a mulher para trás, acertando o crânio no interior do capacete. Com o susto, a guarda puxou o gatilho, disparando um trio de rajadas que costuraram a parede.

Girando no ar e golpeando, o Homem-Aranha acertou outro segurança no peitoral com a beirada da mão. Este envergou como uma folha de papelão. O Aranha pousou de pé e apontou o dedo para os homens remanescentes, que ainda não tinham tombado.

– O primeiro que falar, eu não boto pra dormir.

• • • •

– Que irritante.

Usando o monitor do laboratório, Carlton Drake assistia ao caos que o Homem-Aranha causava com os guardas. A prisão sônica estava ligada tão forte que ele podia sentir as ondas sonoras vibrando na nuca.

– Parece, Sr. Brock – disse ao ocupante da jaula –, que você tem um protetor... – Na tela, o Homem-Aranha erguia um guarda por cima da cabeça, que usou como aríete para derrubar outros três. – Parece também que você acaba de me causar mais problemas do que vale a pena tolerar. – Ele se voltou para um cientista que estava de frente para o painel. – Dr. Emmerson.

O homem olhou para ele, aguardando as instruções.

De dentro da jaula sônica, Venom os observava.

– Inicie os procedimentos de remoção.

Emmerson assentiu com vigor, e suas mãos puseram-se a dançar sobre o painel com muita prática. Conforme ele girava medidores e ajustava alavancas, braços hidráulicos começaram a se mover, girando e se aproximando da esfera sônica. Sem ter para onde ir, Venom apenas esperou.

O cientista enfim apertou um botão, e um zumbido eletrônico começou a emanar do equipamento. Venom afastou-se o máximo que pôde na pequena e dolorosa prisão. O maquinário deslizou para a frente e entrou em contato com a jaula sônica. O zumbido crescia em tom e volume.

Começaram as primeiras notas de dor – finos laços de agonia, que foram se espalhando pelo peito e descendo por bíceps e coxas. O simbionte gritava em silêncio. Os filamentos foram se desprendendo, atraídos pelo bocal da máquina.

– Não! – Brock gritou. – T-tentando nos *separar*...

O zumbido aumentou. Mais pedaços do simbionte foram extraídos aos farrapos. Era como ser esfolado, como se algo lhe arrancasse a pele sem nem ter o cuidado de cortá-la primeiro. A dor lancinante se estendia para além da superfície, como se cada membro, cada órgão estivesse em chamas.

– Tirá-lo de mim... – Brock gemeu. – Romper nosso elo!

O simbionte resistia aos esforços, agarrando-se a todo lugar que podia – até mesmo às partes que estavam enraizadas em pele e músculos. Havia uma conexão. O simbionte estava entremeado na carne de Eddie Brock. Separá-los resultava numa agonia gritante, ardente para ambos.

Brock virou um animal selvagem. O martelar dentro do peito era tão intenso que ele sentia como se fosse implodir.

– Pare! – gritou, até que seus berros perderam a coerência.

Ele foi tomado por uma escuridão que se espalhava nos cantos de seu campo de visão, impulsionada pelo martelar dentro do crânio. Seu cérebro pulsava no mesmo ritmo do coração.

Então o último pedaço do simbionte foi arrancado, soltando-se do dedo esticado de Brock. Ele viu quando a criatura desapareceu para dentro da máquina.

E então não pôde enxergar mais nada.

• • • •

– Atenção, Homem-Aranha.

Uma voz muito alta explodiu no corredor subitamente silencioso. Silencioso a não ser pelos gemidos dos guardas que jaziam incapacitados no chão, a seu redor. Ele deu meia-volta quando um painel deslizou na parede, revelando um monitor. De repente, este ganhou vida.

– Tenho uma notícia que pode ser do seu interesse – disse o homem na tela.

Um homem que ele reconhecia dos jornais e redes sociais. *Carlton Drake?* Sua reputação não era das melhores, para dizer o mínimo. *Então é a Fundação Vida que está por trás de tudo isso?*

– Você diz que está atrás de Venom, sem dúvida para levar esse infame à justiça – disse Drake. – Mas como você pode ver aqui...

Uma janela apareceu na tela.

– Essa necessidade em particular já não existe mais.

Eddie Brock estava deitado numa mesa de exames, cercado por cientistas e técnicos que o sondavam. Não se mexia, tinha olhos escancarados e boca aberta numa careta de terror. Um fiozinho de sangue escorria dela, descendo pelo rosto até o cabelo. O peito musculoso não subia nem descia.

Era a última coisa que o Homem-Aranha esperava encontrar.

*Eddie Brock... morto?*

# SIMBIOCÍDIO

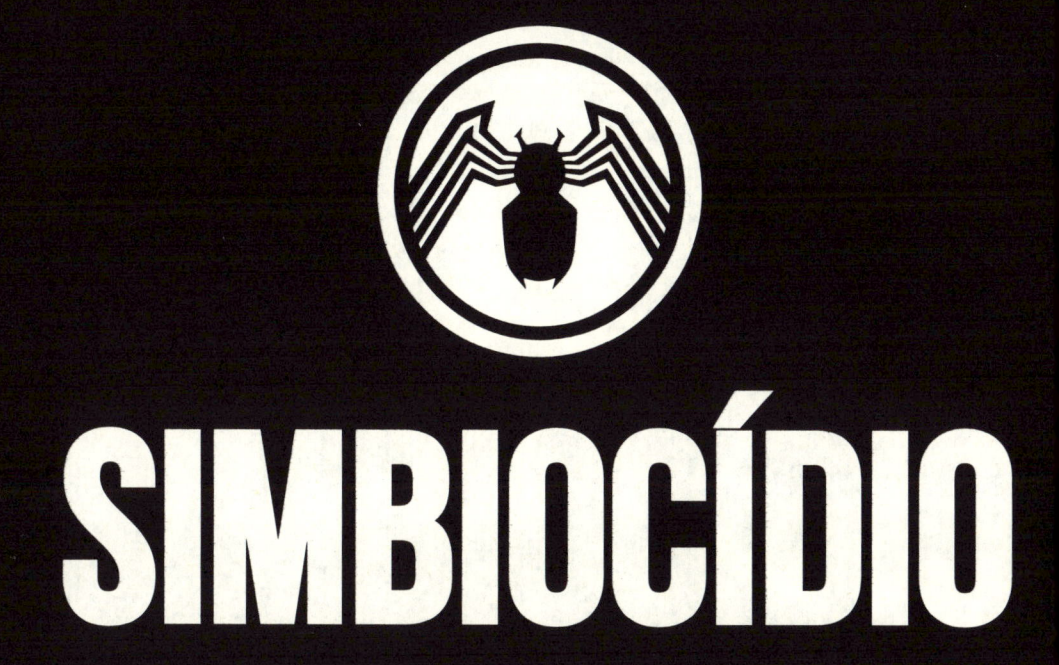

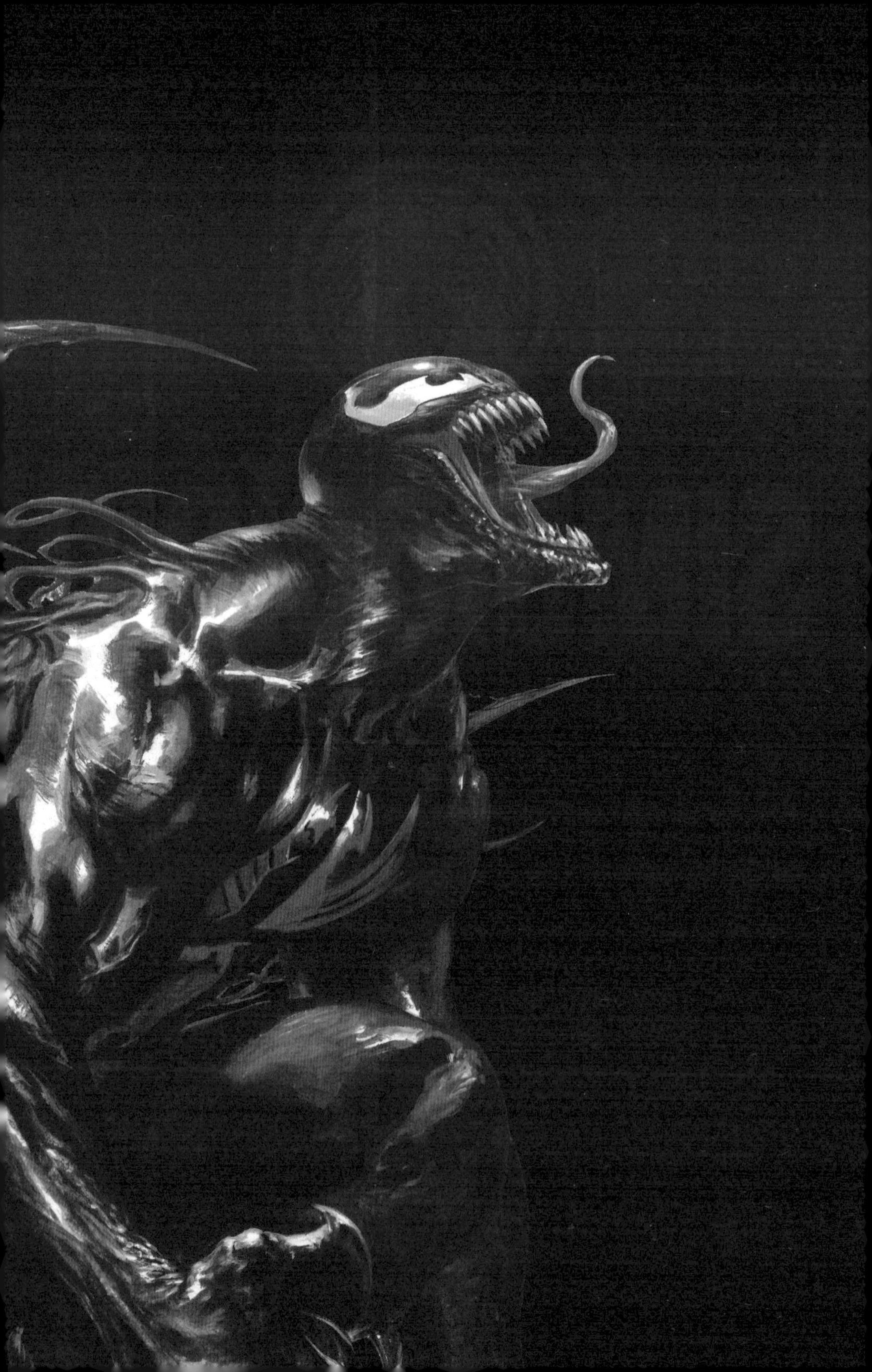

# 1

## DESERTO DE MOJAVE, CALIFÓRNIA

– Como você pode ver na tela atrás de mim, Homem-Aranha – disse Carlton Drake, do monitor na parede –, o Sr. Brock não está mais entre nós.

Mais guardas entraram no corredor, movendo-se com cautela ao circundar e passar por cima dos colegas desacordados. O Homem-Aranha preparou-se para um ataque, observando-os com cuidado enquanto ouvia o que dizia Drake.

– E já que ele era o motivo pelo qual você invadiu a propriedade da Fundação Vida – continuou o homem –, não há razão alguma para você permanecer aqui.

O Atirador de Teias captou movimento no canto de seu campo de visão. Um dos recém-chegados ergueu sua pistola de energia e mirou. Foi a gota d'água. O Homem-Aranha pareceu um borrão vermelho e azul ao lançar-se com os pés contra o guarda. O chute o acertou bem na porção inferior do capacete, jogando sua cabeça para trás e o tirando do solo.

Foi como acionar um interruptor. Mais membros da equipe de segurança foram galvanizados a agir, alguns tentando agarrá-lo em pleno ar, outros tentando mirar nele com as armas. Ninguém ousou abrir fogo, no entanto – era muito grande o risco de acertarem os companheiros.

– Olha, Drake – disse ele. Usando o teto como ponto de lançamento, girou no ar e derrubou outro oponente com um chute. – Eu lutei contra ele um monte de vezes. – Meteu um soco no peito de um guarda. – Ele não morre assim, tão fácil.

Jogou-se no ar, usando um segurança como alavanca, colocando-o na mira da pistola de outro. A força de concussão nocauteou o cara, pego de surpresa.

– Então, se não se importa... – deu um drible no guarda armado, derrubou-o no chão e meteu-lhe um soco no visor – ... só vou dar minha opinião quando o vir pessoalmente.

Num mortal para trás, acertou uma joelhada na cabeça de um guarda incrivelmente baixo. O homem caiu com tudo no chão, mas não o bastante para ser nocauteado. Dois jatos rápidos de teia o prenderam no piso.

– Na verdade – respondeu Drake –, eu me importo, *sim*.

– Sr. Drake!

A pessoa que falou estava longe do microfone. Não obstante, suas palavras foram ouvidas com clareza.

– Temos pulsação – disse o homem. – Fraca, mas evidente.

*Que fora!*, pensou o Cabeça de Teia.

Drake virou-se para o homem que lhe falava, e o Homem-Aranha teve certeza de que ele o olhava feio.

*Melhor preparar seu currículo.*

– Ele deve ter desmaiado – continuou o funcionário sem noção – devido ao trauma de ter sido separado do simbionte.

O Homem-Aranha meteu o cotovelo num guarda que tentava se levantar, derrubando-o e fazendo seu capacete bater ruidosamente no piso.

– Não disse? – brincou ele. – Rá!

O monitor desligou.

O Homem-Aranha estacou.

Não havia mais guardas com quem lutar, pois estavam todos espalhados pelo chão.

••••

Carlton Drake não escondia sua irritação ao dar ordens ríspidas.

– Levem Brock ao laboratório de dissecação – disse. – O simbionte dele permanecerá aqui para estudo.

Como se tivesse entendido, o simbionte – aprisionado num tubo de compressão de vidro indestrutível – açoitou as paredes de sua prisão; grossos tentáculos e ondas de material preto batendo contra o acrílico transparente.

– E o Homem-Aranha?

Drake pensou um pouco antes de responder.

– Estávamos pensando no que poderia ser um bom teste final para as "crianças", não é? – disse ele, e o cientista assentiu. – Bem – ele prosseguiu, sorrindo –, creio que matar o Homem-Aranha seria o ideal.

••••

Peter Parker alongou seus braços. Mesmo com a velocidade e a força proporcionais de uma aranha, fora bem difícil derrotar todo um grupo de seguranças, e seus músculos estavam doloridos.

*Os guardas já eram*, pensou ele, checando os lançadores de teia para ter certeza de que estavam cheios, *mas e quanto ao Eddie Brock?* Ele cruzou o corredor e começou a rastejar ao longo da parede, dando sequência à busca. *Ele pode até estar vivo agora, mas se eu não encontrar...*

*Peraí!*

Uma porta abriu-se, deslizando, e ele ouviu que alguém chegava.

*Isso só pode ser problema.*

Atrás da porta, era tudo escuridão, e a iluminação do corredor quase não ajudava nesse sentido. Duas manchas denteadas, olhos de Rorschach, apareceram no escuro.

– Venom?

Inicialmente, os olhos não se mexeram, só ficaram ali parados, observando.

*Eddie?*

Antes que ele pudesse falar, luzes se acenderam, e cinco figuras passaram pela porta. Familiares, entretanto diferentes de tudo que ele já tinha visto.

– Não! – exclamou. – *Cinco* Venoms!

Foi então que ele entendeu o motivo pelo qual tinham capturado Eddie Brock.

2

## SÃO FRANCISCO, CALIFÓRNIA

Fazia calor, mas a sombra das árvores era um refresco para Tom do Vietnã e Boyd. O pouco do sol que conseguia passar por elas era uma luz esparsa e gentil.

A maioria das pessoas tinha sumido do local, por isso pedir dinheiro seria uma empreitada inútil, então eles foram até o centro do parque, perto da entrada que levava aos túneis subterrâneos. Ali se deitaram sob um arvoredo denso e aconchegante. Aproveitariam uma sonequinha e depois abordariam o pessoal do fim de tarde em busca de mais caridade.

Ambos adormeceram facilmente – a jaqueta enrolada servindo como travesseiro – e sonharam cada um com uma coisa diferente. Tom do Vietnã sonhou com um local escuro em que nada espreitava e não havia o medo de que a morte chegasse sob o silêncio do disparo de um *sniper*. Abruptamente, foi arrancado do sono num solavanco, embora inicialmente não tivesse certeza do que o acordara.

O solo vibrava debaixo deles. O instinto sugeriu que se tratava de um terremoto – medo sempre presente para aqueles que escolhiam viver perto de uma falha geológica. O coração martelava no peito. Mas o chacoalhar e o barulho não vinham de baixo. Originavam-se pouco além das árvores.

– O que acha que é? – perguntou Boyd, falando baixinho.

Tom do Vietnã não respondeu. Apenas virou-se e foi rastejando até a beirada do arvoredo, escondido sob a mata rasteira. O pico de adrenalina em sua corrente sanguínea o poupava de sentir a dor do estilhaço que ainda tinha alojado no corpo; foi preciso começar a contar números em sua mente para não escorregar de volta às horrendas profundezas do estresse pós-traumático.

Boyd seguiu o exemplo, sem saber da batalha interior de Tom e procurando também ser o mais silencioso possível.

Afastando os arbustos, viram o parque sendo arrasado por maquinaria pesada. Escavadeiras, minicarregadeiras e outras máquinas cavavam na terra e derrubavam árvores. Parecia uma operação de mineração a céu aberto.

Parecia o apocalipse.

Uma grande placa fora posicionada nos limites da operação.

## ÁREA RESTRITA: RENOVAÇÃO DO PARQUE
### SOMENTE PESSOAL AUTORIZADO
### CAPACETE OBRIGATÓRIO
### INVASORES SERÃO AUTUADOS
#### UM PROJETO DA TREECE DEVELOPMENT

— Não podia mais esperar pra começar, hein?

Os dois se abaixaram depressa. A voz veio da esquerda, mas não dava para ver de quem. Tom do Vietnã deu a volta, sem fazer ruído, em um largo carvalho, para espiar quem estava falando. Encontrou dois homens a uns cinco metros dali, no sopé de um pequeno morro, diante da caçamba de uma caminhonete. Na traseira, uma placa continha o logo da Treece Development.

Acenando para que Boyd não fizesse barulho, esforçou-se para ouvir a conversa.

• • • •

— Já gastei tempo e dinheiro demais procurando aqueles vagabundos que vivem debaixo do parque.

Orwell Taylor deu de ombros.

— Pode até ser. Eu só estou aqui pelo espírito de cooperação. Não dou a mínima para um bando de mendigos.

— Eles são um obstáculo que me separa de uma fortuna em ouro — disse Roland Treece. — Por isso eles têm que sair.

— Espero que consiga seu maldito ouro — respondeu Taylor. — Eu só quero a cabeça de Brock enfiada num espeto.

Treece acenou, dispensando a fala do outro:

— Drake vai entregá-lo quando terminarem com o Venom.

— Acho bom — rosnou Taylor.

Ele foi até a caminhonete da Treece Development e ergueu a lona que cobria a caçamba. Ali dentro havia quatro caixotes de madeira. Rótulos triangulares de um amarelo vivo estampavam a lateral de cada um deles, indicando claramente a natureza de seu conteúdo.

– Tem certeza de que consegue lidar com isso aqui?

Treece passou a mão sobre a madeira rústica do caixote mais próximo. Uma farpa mordiscou-lhe a palma, mas ele não recuou, aceitando o corte ardido. Lidaria com isso depois, para evitar que infeccionasse, mas por ora a leve pontada de dor o fez ter um lampejo de clareza – uma sensação de presença plena em que se regozijou.

– Sou dono de uma construtora de larga escala, Sr. Taylor – disse. – Não é a minha primeira vez. Eu eliminei um problema quando mandei Venom para a Fundação Vida. Quanto aos indigentes, bem...

– Isso aí está acima da categoria militar – disse Taylor.

– Será perfeito para as minhas necessidades.

– Vai mesmo fazer isso? Explodir o parque?

Treece fez que sim.

– Se não consigo encontrar os mendigos, esses explosivos devem removê-los com a mesma eficiência.

– Você está obcecado – disse Taylor, puxando a lona de volta.

– O roto falando do malvestido, Sr. Orwell. Cuide da sua vida.

• • • •

Tom do Vietnã acenou a Boyd para sair dali. Cautelosamente, os dois retornaram ao local onde tiravam a soneca.

– O que tinha naquelas caixas? – perguntou Boyd.

– Explosivos.

– É isso que significa aquele símbolo?

Tom fez que sim. Vira-o mais vezes do que gostaria nas areias do Kuwait.

– Melhor contarmos a Ethan e o Conselho sobre isso, e rápido – disse, pegando a jaqueta e demais pertences.

– É – Boyd concordou, fazendo o mesmo. – Algo me diz que vão se arrepender de não terem mantido o tal do Brock por perto pra nos proteger.

**3**

## DESERTO DE MOJAVE, CALIFÓRNIA

O guarda Don Langston colocou o capacete na mesa, à esquerda do painel, junto ao de seu colega, mas manteve a pistola sônica bem perto, presa no coldre. Sabia muito bem o que era estar em serviço e estar preparado para qualquer coisa. Os eventos das últimas horas tinham demonstrado que os capacetes podiam salvar sua vida quando a coisa ficava feia.

Alguns de seus colegas *não* estavam preparados.

Ainda assim, os capacetes, com seus visores indestrutíveis, eram pesados e davam calor, e ele sempre se sentia meio sufocado respirando o ar filtrado e tendo de ouvir todo e qualquer som passando pelos microaltofalantes. Isso o fazia sentir-se desconectado do mundo ao redor, quase sonolento, de certo modo. Ficou contente por livrar-se dele, mesmo que por pouco tempo.

Ele se aproximou do painel e começou a digitar informações. O parceiro, Pauly, manobrou a maca em que jazia Eddie Brock e a travou junto à mesa cheia de instrumentos médicos.

– Vou registrar o Brock no computador, Pauly – disse ele. – Coloque mais umas amarras de contenção nele.

– Por quê? – perguntou o outro. – O bombadão ainda tá apagado e não parece que vai acordar tão cedo.

Ele encontrou um escalpo em meio a outros instrumentos, sobre a mesa.

– Ah! Eu sempre detestei valentões como esse cara.

Ele se aproximou do homem inconsciente, brandindo o escalpo no ar.

– Ele não vai mais ser grande coisa depois que os médicos o abrirem – zombou. – Quer saber? Acho que vou ficar pra ver o...

– Veja *isso*!

Uma mão larga engatou o pulso de Pauly, apertando com força suficiente para esmigalhar os ossos. Os dedos dele esticaram, e o escalpo caiu ruidosamente no chão. Tudo que ele teve tempo de fazer foi gemer de dor. Ouvindo o barulho, Langston correu pegar sua arma.

• • • •

Eddie Brock sentou-se na mesa, usando o braço de Pauly para puxá-lo para perto. Passou o braço debaixo do queixo dele num aperto asfixiante, que funcionou perfeitamente, visto que não havia capacete para impedi-lo de aplicar pressão.

Sufocado, o homem arfava alto, e seu pomo de Adão se debatia contra os músculos do antebraço de seu algoz. Brock inclinou-se para a frente e usou o peito para aplicar mais pressão, falando baixinho no ouvido de Pauly.

– Meu Outro me ensinou a suportar a dor, a me livrar dela e me recuperar rápido. – Flexionando o braço, foi espremendo o homem lentamente. – Não vou te dar tempo pra pôr mais amarras.

Pauly desfaleceu devido à falta de oxigênio. Brock o largou no chão, saltou da maca e avançou sobre o guarda armado com a pistola, o que se chamava Langston.

– *Você* deve ficar inconsciente por horas antes que...

Antes que Brock pudesse concluir, no entanto, Langston puxou o gatilho, liberando um fluxo de energia sônica. Brock retraiu-se quando o disparo o atingiu.

– Não! – exclamou ele, com os músculos contraídos, tensos e trêmulos. Embora continuasse de pé, não conseguia ajeitar a postura. – A-arma sônica! – Sua voz soou tensa, com dificuldade por entre os dentes cerrados. – Essas porcarias estão em todo lugar?

Ele cambaleou para a frente. Don não soltava o gatilho, açoitando Eddie com rajadas de concussão.

– Certas frequências...

Eddie lutava para respirar e quase não conseguia falar.

– Estão entre as poucas coisas...

Com o rosto contorcido, ele deu mais um passo adiante.

– Que podem causar agonia ao meu Outro.

Ele caiu sobre um dos joelhos bem em frente a Langston, tão perto que a rajada sônica chegou a fazer sua pele ondular ao longo das costas.

– M-mas tem uma coisa... – Brock sacudiu a cabeça, os tendões do pescoço como cabos tesos, e forçou as palavras para fora – ... uma coisa que você devia saber.

Num movimento ligeiro, ele se levantou e agarrou seu carrasco com a mão direita, enquanto com a esquerda deu um tapa na arma, que arremessou para longe. Ela foi parar no outro lado da sala, onde caiu com um tilintar metálico atrás de algum equipamento.

– Sem a forma alienígena do meu Outro ligada ao meu metabolismo, essas frequências quase não me causam dor... Nada que eu não possa suportar por algum tempo.

Ele sorriu e apertou mais forte ainda.

– Te peguei.

# 4

## ELE NÃO PODIA PARAR DE SE MEXER. SE PARASSE, SERIA MORTO.

O Homem-Aranha se esquivava dos ataques e os devolvia, lançando teias.

*Essas coisas não ativam o meu sentido aranha*, pensou, saltando por cima do chute dado pelo simbionte dourado com lâminas curvas ao longo das pernas e braços. A perna dele passou por baixo, acertou a parede e fez voar lascas. Um pouco mais perto e aqueles pedaços teriam sido *seus*.

*Como Venom e Carnificina...*

Um disparo de teia no rosto da simbionte que encontrara no shopping a empurrou para trás, quando ela tentou rasgá-lo com as garras e eviscerá-lo. Seu cabelo vivo deu um bote e enrolou-se no braço dele.

*Carnificina originou-se quando uma cria de Venom uniu-se a um assassino em série psicopata.*

Tentáculos de um simbionte verde-escuro enrolaram-se no outro braço dele, contendo-o imediatamente, prendendo o Aranha no lugar. As pontas de seus dedos ficaram dormentes, tão esmagadora era a pressão.

*Será que esses são resultado de outra cria?*

Os dois simbiontes o ergueram no ar, e ele ficou ali pendurado, sem ter o que fazer.

*Ah, cara!*, pensou quando assimilou a realidade. *Cinco inimigos com o poder do Venom e do Carnificina?* Os demais simbiontes foram se aproximando. Eram todos incrivelmente fortes, inegavelmente perversos e queriam vê-lo morto.

*Eu devia ter ficado em Nova York.*

• • • •

Carlton Drake acompanhava a cena pelo monitor. O Dr. Emmerson estava bem ao lado dele.

– O experimento parece ser um sucesso – disse Drake, em júbilo. – Talvez tenhamos encontrado aquilo que procurávamos. Se a comunidade de sobrevivência for realmente utilizada algum dia, teremos os guardiões de que precisamos. Se não for, teremos armas poderosas à nossa disposição. Saímos ganhando de qualquer jeito.

Emmerson fez que sim, concordando, apesar de Drake não lhe dar atenção. Também não achava que o chefe se dirigia a ele. Na verdade, o diretor falava em voz alta simplesmente porque sabia que tinha público.

Em todo caso, era mais seguro concordar.

– Ao remover as últimas sementes de Venom, acelerar artificialmente seu processo de maturação e ligá-las aos voluntários ideais, é possível que tenhamos criado os agentes perfeitos.

Carlton Drake sorriu.

– A derrota do Homem-Aranha será a prova final.

• • • •

*Estão se juntando, tentando me empalar!*

Seus pés estavam de novo sobre o chão, mas eles ainda o mantinham preso. O simbionte dourado – que tinha espadas longas e medonhas no lugar dos antebraços, quase do tamanho dele – preparava-se para atacar o imobilizado Cabeça de Teia. Quando avançou, estendendo os braços de espadas contra ele, o Homem-Aranha abriu um pouco braços e pernas, baixou seu centro de gravidade e apertou bem os dedos entrelaçados em tentáculos de um lado e cabelo vivo do outro.

*Mas eles se esqueceram de levar em conta a minha força de aranha.*

Ele puxou o melhor que pôde naquele ângulo, unindo os braços com toda a força que conseguiu juntar. O movimento súbito pegou ambos os inimigos de surpresa, tirou-os do chão e lançou-os de corpo inteiro para o ar. Eles colidiram com o colega que atacava, e todos os três simbiontes despencaram, num emaranhado de corpos, espadas, tentáculos e cabelo.

Quebrada a concentração dos inimigos, o Homem-Aranha pôde liberar as mãos. Enquanto fazia isso, um movimento captou sua atenção – uma forma escura voando até ali. Ele se abaixou, e a coisa se esborrachou na parede atrás dele e ficou grudada nela; uma mancha de simbionte. Uma fumaça branca saiu espiralando das beiradas da mancha, que parecia fervilhar.

*Uau! Um deles está atirando partes da substância, e ela está queimando a parede.*

O material tinha sido arremessado por um corpulento simbionte acinzentado – era o que mais se parecia com Venom. Coberto de pele cor de fumaça, era composto por músculos grandes demais.

*Esse truque é novo*, refletiu o Homem-Aranha. *Ele deve ser capaz de manipular o metabolismo e transformar o corpo em ácido.* O simbionte estendeu o braço num movimento brusco na direção do Aranha, como se lançando uma bola. Na verdade, o fluido jorrou da mão dele e tomou a forma de um imenso martelo enquanto ganhava velocidade rumo ao alvo.

O Homem-Aranha saltou para o alto e escapou do aríete improvisado, que bateu na parede com um ruidoso *CHOMM*. Ele deu um mortal, curvando o corpo em torno da rajada de material simbiótico, e pousou bem em frente ao inimigo.

*Mesmo assim, tá na cara que são novatos.*

A outra simbionte uniu-se ao parceiro gigante. Seu cabelo, muito mais curto que o da outra mulher, também chicoteava ao redor. Ela rosnou para ele com a boca cheia de dentes afiados como navalha. O cabelo tinha o mesmo cor-de-rosa chocante que o restante do corpo.

Os dois simbiontes avançaram para atacar.

Ele acertou os dois com um punhado de teia na cara.

*Eles ficam abrindo a guarda.*

O grandalhão recuou, sem enxergar nada, com os olhos totalmente cobertos. O Homem-Aranha avançou, cobrindo a distância, para meter um tremendo soco no queixo do gigante. E não pegou leve – não havia motivo para isso. O impacto fez o fortão girar e arrancou filamentos do simbionte no ponto em que o atingiu.

*Eu tenho a experiência ao meu lado, e isso me dá a vantagem da...*

A simbionte rosa sugou toda a teia para dentro da boca.

*Surpresa?*

Ela inalou o último pedacinho de teia e mastigou como se fosse um bocado delicioso de seu prato preferido. Um pouco depois, virou o rosto e cuspiu uma bolota de resíduo gosmento.

*Ela absorveu minha teia e cuspiu como se fosse uma bola de pelo!*, pensou ele. *Acho que vou vomitar*. A simbionte apenas sorriu ao ver o Aranha embasbacado e ergueu as garras. Logo atrás, os outros quatro tinham se recuperado e posicionado junto dela, para ajudá-la a desmembrá-lo. Antes que pudessem mover-se, no entanto, veio uma voz do corredor.

– Parem!

Todos pararam.

O Homem-Aranha a reconheceu.

Ele não sabia dizer se tinha sido a ordem emitida, o fato de ter saído da boca de Eddie Brock ou por Eddie estar nu como viera ao mundo. O fato é que funcionou.

Brock entrou na sala e parou ao lado do Homem-Aranha, tão preocupado com a nudez quanto um gato doméstico. Ele ergueu a mão e apontou para os cinco simbiontes, que estavam ali parados feito estátuas diante deles.

– Esses aí são a prole do meu Outro – disse ao Atirador de Teias. – Mas ainda não tiveram tempo de se ligar aos hospedeiros.

– Eddie?

O Homem-Aranha não estava gostando nem um pouco da situação. Eddie não era um cara estável.

– Não...

Brock ergueu as mãos, parecendo um pastor de igreja.

– Eu *tenho* que fazer isso – disse ele. – Eles ainda são inocentes e talvez possam ser salvos.

*Ahhhh, velho...*

– Venham pra mim, meus filhos! – Brock estendeu as duas mãos à frente, elevando o tom de voz em escala e intensidade. – Juntos podemos consertar os erros cometidos hoje!

Ele ergueu as mãos e jogou a cabeça para trás.

– VENHAM PARA MIM! – gritou.

Como se fossem um só, os cinco simbiontes reagiram.

Antes que Brock pudesse se mover, cinco diferentes extensões dispararam, atingindo-o na cabeça e no peito. Elas acertaram o corpo dele, fazendo um ruído agudo e gosmento, e voltaram num piscar de olhos para os hospedeiros. Cambaleando com tão forte ataque, Brock agarrou-se ao batente da porta para não cair.

– Isso...

O Homem-Aranha o ajudou a se equilibrar.

– ... não era bem... o que eu esperava.

5

## SANTUÁRIO, DEBAIXO DO PARQUE DEL RÍO
## SÃO FRANCISCO, CALIFÓRNIA

– Nós vimos, Ethan – disse Tom do Vietnã. – Uma caminhonete lotada de explosivos.

No mesmo instante, todo o tribunal foi tomado pelo murmurar das pessoas falando baixinho, agitadas. Ethan levantou-se com uma expressão calma de líder. O Conselho permaneceu sentado atrás dele.

Os demais presentes ficaram em silêncio.

Após um bom tempo em que ficou estudando Tom e Boyd, finalmente ele falou.

– Notícias terríveis, de fato.

Elizabeth ficou inconformada. A resposta a enfureceu. De onde estava, em meio aos cidadãos do Santuário, sem pensar duas vezes, ela foi para perto de Tom e Boyd, diante do Conselho. Sua voz fervilhou quando ela se dirigiu a Ethan.

– Eu *sabia* que o Treece não se contentaria em esperar que seus Escavadores nos encontrassem. Você devia ter *previsto isso*.

Ethan ergueu a mão na tentativa de acalmá-la.

– Veja, Elizabeth...

– A paciência dele se esgotou! – disse ela, num tom ainda mais alto. – Ele vai destruir o mundo ao nosso redor. Se pelo menos você nos escutasse, se tivesse deixado o Sr. Brock ficar. Ele teria...

– Corrompido a todos nós! – O reverendo Rakestraw se pôs de pé, mostrando o dedo para Elizabeth. – Ele é um assassino. Um demônio! Teríamos sido chacinados enquanto dormíamos, tão certo quanto...

– *Basta*, reverendo Rakestraw – disse Ethan numa voz tão poderosa quanto uma avalanche e dura como as rochas que a compõem. – Discutir sobre o que poderia ter acontecido não adianta nada. Precisamos de soluções para o que está acontecendo agora.

Ele acenou para os demais, abrindo espaço para discussão.

– Alguma sugestão?

# 6

## DESERTO DE MOJAVE, CALIFÓRNIA

Junto à porta, o Homem-Aranha encarava as cinco crias do simbionte de Venom.

– Alguma sugestão? – disse, olhando para trás.

Além da porta, Eddie Brock apoiava-se numa parede, ainda se recuperando do soco quíntuplo que acabara de levar. Cambaleando, foi andando pelo corredor, porém cada vez mais forte a cada passo dado.

– O laboratório de dissecação – disse ele, sem olhar para trás.

– De dissec...? – Antes que os cinco simbiontes pudessem reagir, o Homem-Aranha começou a disparar jatos na porta. – Ah, deixa pra lá – murmurou, enquanto cobria a entrada com camadas e mais camadas de teia. – Eu descubro quando chegar.

Em questão de segundos – com a força e a tensão de cabos de aço – a teia bloqueou a passagem por inteiro, como uma grande bandagem acinzentada. Satisfeito, ele foi atrás de Brock. Tinha dado poucos passos na direção do outro, no entanto, quando ouviu o inconfundível barulho de alguma coisa que se rasgava.

Brock andava mais rápido agora, a passos largos, como se totalmente recuperado. O Aranha o seguia bem de perto. Não demorou até que se depararam com uma porta aberta.

– Seja lá o que você quer fazer, é melhor se apressar – disse o Homem-Aranha. – Usei dois cartuchos inteiros pra bloquear aquela porta, mas eles já estavam rasgando antes de entrarmos no primeiro corredor.

Brock mostrou-lhe dois rifles de tecnologia de ponta.

– Os guardas deixaram cair essas armas sônicas. – Ele jogou uma delas para o Homem-Aranha, que a pegou no ar. – Elas já se mostraram eficientes contra meu Outro.

– Entendido – disse o Homem-Aranha.

Ele encontrou o botão de ligar, depois foi para perto de Brock. Dava para ouvir o tilintar e o raspar de garras contra piso e metal, cada vez mais perto. Logo o barulho vinha da porta. Peter e Brock ergueram as armas e apontaram para a entrada da sala.

– Vamos apenas torcer para que seja verdade o que diz o velho ditado... – disse Brock ao ver a prole de simbiontes passar pela porta num emaranhado de dentes afiados, garras perfurantes e uma ruidosa sede de sangue. Ele e o Homem-Aranha abriram fogo, banhando os atacantes em energia sônica. – ... tal pai, tal filho – concluiu ele, dedo no gatilho, sem grandes expectativas. – Neste caso, filhos *e* filhas.

Para alívio da dupla, os quatro simbiontes entraram em verdadeira convulsão sob o ataque sonoro. Filamentos de material alienígena rodopiavam, e os hospedeiros ficaram emaranhados uns nos outros. Todos gritavam como se alguém os mergulhasse em água fervente. Os hospedeiros caíram de joelhos no piso de concreto, a cabeça baixa de tanta dor.

Um deles teve ânsia de vômito.

Outro caiu no choro.

Brock avançou, ainda puxando o gatilho, escorado pela onda pulsante de energia sonora que não parava de disparar contra sua prole simbiótica. Um sorriso perverso abriu-se em seu rosto.

O Homem-Aranha baixou a arma dele com um tapa.

– Já chega! – gritou. – Não tem por que causar mais dor neles.

– Eles fizeram essa escolha – Brock gritou de volta. – Não são mais inocentes.

Os simbiontes foram todos ao chão e por lá ficaram.

Então algo se moveu, vindo através da porta e avançando sobre eles, amontoados.

– E também não estão mais fora de jogo – Brock acrescentou.

Era o simbionte dourado. Ele saltou por cima dos aliados caídos, brandindo os braços moldados em espadas compridas e ágeis feito raios. Brock e o Homem-Aranha esquivaram-se, mas os membros afiados da criatura atingiram os rifles sônicos. Metal e plástico estilhaçaram-se nas mãos deles.

– Um deles deve ter se abaixado, deixado os outros bloquearem os disparos sônicos.

O Homem-Aranha disparou uma camada de teia no simbionte, mantendo a pressão no gatilho ao atirar camadas e mais camadas. O ataque travou os braços dourados do simbionte na posição em que estavam, estendidos. Ele tombou para a frente, desequilibrado pelo peso, e caiu no chão, em cima dos outros.

– Isso não vai segurá-lo por muito tempo – disse o Aranha, afoito. – Temos que achar outro jeito de...

Subitamente ele percebeu que estava sozinho com a prole simbiótica. Havia uma porta nos fundos do laboratório.

*Ah, saco...*

– Eddie?

A única resposta foram os gemidos e grunhidos dos simbiontes derrubados.

– Ai, ai... Pra onde ele foi agora?

Saltou até passar pela porta, do outro lado do laboratório. No ápice de um pulo, grudou-se ao teto e começou a rastejar por ali o mais rápido que podia. Não demorou muito até que alcançou Brock, que andava muito rápido. Sem diminuir o passo, o homem nu olhou para trás.

– Meu Outro é o único jeito de enfrentar a prole – disse ele –, força contra força! – Apontou para o Homem-Aranha e acrescentou: – Proteja a nossa retaguarda!

Foi um pouco irritante receber ordens de um maníaco homicida, mas o Homem-Aranha viu a lógica no que ele dizia.

*Se alguma vez alguém me contasse que um dia eu ajudaria Eddie Brock a se unir ao seu simbionte...* Peter nem conseguiu concluir o raciocínio. *Naaah, não consigo nem imaginar.*

Ele foi seguindo Brock, sempre pelo teto, um pouco mais atrasado para escutar caso os outros simbiontes dessem sinal de vida. Brock parava em cada porta aberta, dava uma espiada em cada sala e seguia em frente quando não encontrava o objeto de sua busca.

Finalmente, entrou em uma e ficou por ali mesmo.

O Homem-Aranha entrou logo depois e viu tratar-se de um laboratório cheio de maquinário. Painéis, monitores e diversos instrumentos incitaram um assovio de admiração. Reconhecia muitos deles – não fazia tanto tempo que fora nada mais que um geek viciado em ciência, e ainda pagava a assinatura da revista mensal *Horizontes*, do Stark. Mesmo assim, alguns dos equipamentos eram completamente novos para ele, e pelo visto seria preciso começar a assinar a revista trimestral *Cientista Maluco* para conseguir dizer o que eram.

Brock avançou pelo espaço amplo da sala e passou por cima de dois guardas largados feito bonecas de pano, um ao lado do outro. O Homem-Aranha ajoelhou-se e checou se os dois respiravam, constatando que estavam vivos.

– Ali! – berrou Brock. – Está vivo!

Ele correu até um grande tubo de compressão sustentado por suportes de metal.

•  •  •  •

O simbionte espiralava ali dentro, agitado, espremendo-se contra o vidro, açoitando-o por dentro. A gosma preta ondulava-se, fluía para o alto, deslizava para baixo, dava um rodopio e repetia o movimento. Repetia sem parar.

Tudo isso em vão.

Brock pôs as mãos no vidro e o acariciou suavemente com a ponta dos dedos.

– Sentiu minha falta?

Para responder, o simbionte espremeu-se contra o interior do tubo, o mais perto que podia de seu hospedeiro. Os dois ficaram assim por um bom tempo, separados pelo vidro indestrutível do tubo, mas incapazes de largar aquele contato *quase* direto.

Tão perto, apesar do tubo, que a falta do toque causava uma dor que Brock sentia nos ossos.

Ele se esticou para o painel mais próximo, com os dedos da mão direita ainda em contato com o vidro. Conforme deslizou a mão ali, o simbionte a seguiu ao longo do tubo. Brock avaliou o painel em busca do botão ou do interruptor certo. Nada ali tinha um rótulo descritivo.

Finalmente escolheu e pressionou um deles.

Silêncio.

Então o maquinário que sustentava o tubo começou a zumbir e clicar, e a superfície vítrea vibrou sob seus dedos. O selo inferior destravou com um chiado de ar preenchendo vácuo, e o claro recipiente moveu-se para cima.

Brock passou a mão por baixo da abertura, e o simbionte fluiu como uma fita de tecido feita da escuridão da noite. Escorregou por sobre os nós dos dedos dele, encobriu sua mão e correu braço acima. A ligação que os unia ajustou-se como uma junta deslocada – um arranhar brusco; o lampejo de uma dor aguda; e então um banho de alívio. Os membros de Brock crepitaram de força conforme o simbionte jorrou sobre ele e o encharcou, saturando-o na transformação.

– Mais uma vez...

Seus músculos incharam, engrossaram; as veias saltaram sob a cobertura preto-azulada do simbionte.

– ... e *para sempre*, nós somos...

Os dedos se esticaram em forma de garras. Dentes que eram como adagas brotaram das têmporas e correram pelo rosto para formar duas fileiras de lâminas esmaltadas. O sorriso hediondo cresceu, distendendo a mandíbula, e sua língua comprida cor-de-rosa serpeou para fora, flamulando grotesca com uma chuva de saliva.

Ele agachou, virou-se para o Homem-Aranha e concluiu a frase num grito, declarando ao super-herói, a seus inimigos e ao mundo todo quem era:

– Venom!

• • • •

– Pra sempre é tempo demais, verme!

O simbionte dourado explodiu porta adentro, todo espadas e garras, voando pela sala em direção a seu recém-recuperado oponente. Ele colidiu com Venom pelas costas, rasgando-o com as espadas e as garras num raivoso caos de fúria. Venom levou as mãos para trás e envolveu o inimigo com seus braços absurdamente musculosos. Fincando as garras nas costas do simbionte, aprisionou-o numa chave esmagadora. O simbionte dourado se debateu, tentando libertar-se. Venom o espremeu com toda a força.

Hesitante, o Homem-Aranha não soube direito o que fazer.

– Pra que enfrentá-lo quando você pode aprisioná-lo? – gritou Venom. – Homem-Aranha, o painel atrás de você...

O monstro atacava e golpeava com suas lâminas, mas Venom recusava-se a soltar.

– Ele controla a jaula sônica que nos prendia antes de você chegar. Ative-a, e vamos jogar esse pretensioso lá dentro.

O Homem-Aranha virou-se para executar a sugestão. O painel era uma cornucópia de botões, interruptores e medidores. Ele avaliou todos, tentando decifrar o propósito de cada um.

– Falar é fácil! – gritou de volta. – Esses botões não têm legenda, só números. Qual eu aperto? – Não recebendo resposta alguma, ele falou de novo, a voz aguda de desespero: – *Qual deles?*

Venom e seu oponente eram um verdadeiro nó de luta, travados em combate.

– Ahhh, droga!

O Homem-Aranha escolheu o que achava mais promissor e apertou. Imediatamente, um equipamento que lembrava muito uma arma baixou-se do conjunto pendurado no teto. Ele foi na direção dos simbiontes que lutavam, seguindo-os, mirando neles.

O simbionte dourado, ainda agarrado às costas de Venom, fincou uma das espadas bem fundo em sua coxa, fazendo girar seu progenitor. Com isso, a cria ficou de frente para o aparelho. Um disparo de energia elétrica verde a acertou no ombro.

O simbionte das espadas gritou; um barulho que foi subindo por sua garganta até sair como um urro estridente e inumano.

– Meu uniforme! Está queimando!

Uma porção do simbionte virou pó, desprendendo do ombro dele em lufadas de poeira verde-escura.

– Apodrecendo?

Isso causou mais um grito incoerente. O simbionte seco e podre decantou numa nuvem ressecada em torno dos pés dele.

– Você apertou o botão errado – disse Venom. – Acionou a máquina que fez amadurecer artificialmente as crias alienígenas.

O oponente ajoelhou-se no chão, gorgolejando com uma voz esquisita, que parecia quase mecânica, como um triturador de alimentos entupido.

– Pelo visto funciona também em adultos – observou o Homem-Aranha. – Envelheceu parte desse aí a ponto de apodrecer.

– É isso! – disse Venom. – Vamos ampliar o raio e usar em todos eles. Destruí-los antes que possam ferir mais inocentes!

– Mas isso pode matar os humanos que estão dentro dos simbiontes – protestou o Aranha.

– Eles provavelmente não se ligaram por completo – disse Venom, dispensando a preocupação do outro. – Acredito que vão sobreviver.

– Provavelmente? *Acredita*? – O Homem-Aranha sacudiu violentamente a cabeça. – Sinto muito, Venom, mas não podemos correr esse risco.

– *Você* não pode correr esse risco – disse Venom.

Sem aviso, algo envolveu a garganta do Homem-Aranha, como um laço, e apertou com força. Ele levou as mãos ao pescoço e agarrou um filamento fino, que começava a estrangulá-lo.

*O quê?*, pensou. *Ele passou um filamento do traje pelas minhas costas.*

Sua visão foi se apagando conforme o sangue radioativo em suas veias era cortado do cérebro, e ele não pôde mais respirar. O tentáculo apertava com força descomunal. E, apesar do seu poder, a coisa toda durou poucos segundos. Ele caiu devagarinho no chão.

• • • •

Venom ajoelhou-se ao lado dele.

– Nós cumprimos com o prometido – disse, muito solene. – Juramos que não te mataríamos, mas não dissemos nada sobre deixá-lo inconsciente.

O filamento o soltou, deslizou de debaixo do Homem-Aranha e retornou para ser absorvido pelo traje vivo.

Venom levantou-se, o rosto inclinado, prestando atenção. Do corredor, podia ouvir os simbiontes, já recuperados, aproximando-se do laboratório. Ele foi para o painel e começou a girar botões e acionar interruptores.

– Éramos audiência cativa quando os cientistas operavam essa máquina.

Ele tivera o cuidado de reparar em quais controles geravam certos resultados. A memória analítica de Brock o ajudara a lembrar-se de tudo que precisava saber.

O raio de maturação crepitava e zumbia acima de sua cabeça.

– E nós aprendemos rápido.

O som que vinha do corredor – das garras raspando o piso e dos simbiontes urrando, grunhindo e sibilando – ficou mais alto. Venom girou o último botão até o nível máximo assim que os últimos quatro inimigos invadiram o laboratório num turbilhão de violência e sede de sangue.

– Lá está ele!

– Peguem-no!

Não dava para saber qual dos simbiontes estava mais ávido pelo pescoço de Venom, mas não fazia diferença. Todos queriam vê-lo morto.

O tempo pareceu contrair-se, desacelerando, e ele parou um instante para ver sua prole e admirar sua pura ferocidade descontrolada. Eram todos belíssimos, e por um átimo de segundo ele sentiu uma pontada de afeto por aquelas máquinas de matar perfeitas que tinham se originado dele. Eram iguais a ele, embora completamente diferentes.

Eram seu potencial para o mal.

Eram como ele fora um dia. O Venom que era antes de mudar de vida. Entretanto, a única redenção que lhes cabia era a desintegração.

Quando o grupo entrou no campo do raio, ele apertou o botão.

A radiação elétrica esverdeada concentrou-se num raio grosso, que engolfou os simbiontes com grande potência. Os cinco filhotes simbióticos, inclusive o que tinha tombado, entraram em convulsão; os corpos se debateram num ataque violento. Enquanto seus músculos se contraíam e retesavam, os simbiontes ainda imaturos explodiram numa nuvem de pó e vazaram por todo o laboratório como as lufadas de uma tempestade de areia. Os hospedeiros humanos soltavam ruídos esganiçados, que faziam parecer que estavam sendo eletrocutados.

• • • •

Grogue, com a mente confusa por ter sido abruptamente levado à inconsciência, o Homem-Aranha levantou-se e ficou apoiado em mãos e joelhos. Quando viu a destruição violenta dos simbiontes, ele soltou um grito.

– Não! Nããããoo!

Foi tudo o que pôde fazer diante dos agora nus hospedeiros humanos derrubados no chão, onde jaziam imóveis, esparramados e retorcidos como se tivessem desabado de grande altura. Estavam deitados, desacordados, sobre um montinho de simbiontes ressecados.

O Aranha ficou de pé. Sua voz soou trêmula de choque e terror.

– Os simbiontes... – Ele sacudia a cabeça, tossindo por causa da nuvem de material alienígena apodrecido que rolava pelo ar. – Viraram pó. Estão mortos. Todos eles!

Ele se dirigiu à criatura responsável por isso.

– Foi um truque sujo, Venom – disse, revoltado. – Não vou me esquecer disso.

– É mesmo, Homem-Aranha? – O sorriso de Venom, esticado, ocupava metade do rosto dele. – Os humanos ainda estão respirando, não?

O Homem-Aranha olhou mais uma vez e estudou com atenção os hospedeiros. Para sua surpresa e alívio, todos pareciam respirar.

Venom riu.

– Como é difícil te agradar.

• • • •

– Droga!

Carlton Drake assistia a tudo pelo monitor. A tela mostrava os seus esforços destruídos numa pilha de poeira aos pés dos inimigos. Tudo pelo que trabalhara, todos os planos que fizera, tudo arruinado por uma rajada de radiação. Por um aparelho que ele mesmo tinha criado!

Um rosnado grave e feroz subiu-lhe pela garganta.

Se seus planos seriam destruídos, ele se certificaria de concluir o serviço.

– Soe o alarme de evacuação, Sr. Gomez – disse, autoritário –, e inicie os procedimentos de autodestruição. Teremos que destruir estas instalações inteiras; eliminar todos os traços do envolvimento da Fundação Vida. Não pode restar nada que seja identificável.

O técnico ficou olhando para ele por um bom tempo, até que assentiu e pôs-se a obedecer. Drake olhou uma última vez para o laboratório.

*Não é a primeira vez que o Homem-Aranha compromete um grande investimento*, pensou ele ao dar meia-volta e sair pela porta.

*Talvez, futuramente, devamos fazer algo a respeito.*

# 7

**O LAMENTO AGUDO DE SIRENES** começou a ecoar pelas paredes do laboratório, como se desse voltas dentro da sala, apostando corrida contra si mesmo. Não era a frequência ideal para de fato machucar Venom, mas mesmo assim o fazia sentir certo desconforto – como uma queimadura debaixo da pele simbiótica.

– Oh-oh. – O Homem-Aranha olhou para ele. – Tenho experiência com esses caras. Quando as coisas não saem do jeito que queriam, eles tendem a mandar tudo pelos ares.

Venom respondeu apenas com um rosnado.

– Venha. – O Atirador de Teias partiu em direção à porta, acenando para que o companheiro o seguisse. – Eu fiquei pendurado numa aeronave pra entrar aqui e acho que consigo achar o hangar de novo.

Quando ele passou pela porta, Venom o seguia poucos passos atrás. A base era um labirinto de corredores, mas o Homem-Aranha – como um bom nova-iorquino – possuía um senso inato de direção. Rapidamente, ele guiou o outro até o centro das instalações, onde ficava o deque de pouso. O último corredor dava na vasta câmara do hangar. Assim que avistou a aeronave em que tinha se pendurado, começou a correr na direção dela.

*Isso aqui ainda pode dar certo*, pensou. *Eu vim à Califórnia capturar o Venom e, se conseguir atacar de surpresa quando estivermos livres, posso entregá-lo pra...*

Pensando nisso, ele parou e olhou para trás.

Estava sozinho no hangar.

*Não*, lamentou. *Ele não está mais atrás de mim.* Mesmo sem querer, o Aranha sorriu. *O babaca pode ser maluco, mas não é burro.*

Ecoou o som de botas, vindo dos corredores que levavam até o hangar. Não havia tempo para descobrir como entrar, então o Homem-Aranha saltou ligeiro para a aeronave e encontrou um lugar em que pudesse agarrar-se e sumir de vista.

Homens e mulheres entraram às pressas no saguão – um misto de guardas, técnicos e cientistas, junto de alguns civis. De onde estava, o Aranha via tudo, mas não avistou Carlton Drake em nenhum lugar entre as pessoas que se dispersavam por entre os veículos.

Algumas entraram apressadas na aeronave, enquanto vastos painéis no teto começavam a abrir-se. A luz do poderoso sol do deserto invadiu o hangar como um holofote. Portas e escotilhas foram fechadas aos trancos, e a aeronave ganhou vida. O Homem-Aranha engatinhou por cima da asa e passou para a lataria inferior, para evitar ser soprado pelas lâminas dos rotores. Quando encontrou uma reentrância que poderia fornecer um pouco de proteção, grudou-se ali com muita teia.

A aeronave começou a chacoalhar. Ele se pressionou contra a lataria quando a nave subiu veloz como um foguete. Foi uma partida difícil, dado que a pequena nave teve de enfrentar a turbulência causada por outras que tentavam escapar da base. Quando passaram pelas portas do hangar e ganharam o ar seco do deserto, o movimento ficou instantaneamente mais suave. A aeronave manobrou para a esquerda, ganhou velocidade e saiu voando para longe da base da Fundação Vida.

Ao redor deles, aeronaves partiam nas mais diversas direções. Abaixo, comboios de veículos terrestres deixavam as instalações em grandes fluxos. Eram caminhões, jipes e veículos que o Aranha nunca tinha visto na vida, algo como um cruzamento entre um tanque e um *minibuggy*.

Ratos abandonando o navio que afundava.

Por sobre o rugido intermitente da aeronave e o vento que açoitava sua cabeça, ele ouviu um tremendo CRACK. Segundos depois, a base secreta desabou sobre si mesma como um bolo embatumado. Ela ficou assim por quase um minuto, até que todo o complexo explodiu num lampejo de luz infernal, como se atingido por uma bomba lançada dos ares. Poeira e detritos espiralaram céu acima numa imensa coluna, um tornado reverso.

Momentos depois, a onda de concussão rolou pelo deserto em todas as direções, alcançando rapidamente os comboios que tentavam escapar. Os últimos veículos das fileiras, mais próximos da destruição, foram jogados e revirados por todo o deserto como pinos de boliche num *strike*. Os que estavam mais longe quicaram sobre a areia, derrapando para os lados, como se o solo fosse feito de gelo, mas conseguiram endireitar-se depois que a onda passou.

O helicóptero em que ele se amarrara apressou-se em ganhar altitude para evitar ser pego pela onda e jogado no chão. A subida brusca o pressionou contra a camada de teia que ele improvisara. Estavam alto o bastante para permanecer no ar, mas o resquício da onda esbofeteou a aeronave quando passou por baixo dela, fazendo-a dar uma volta quase completa.

Se não estivesse acostumado a se balançar na teia, o Homem-Aranha provavelmente teria vomitado.

*Consegui*, pensou ele. *E aposto meu lançador de teia esquerdo que o Venom escapou também.* Ele se ajeitou na cama entrelaçada que o mantinha preso no lugar, em busca de conforto para a viagem. Não sabia quanto tempo isso levaria, nem mesmo para onde estava indo.

*O que significa que é melhor voltar pra São Francisco.*
*Isso aqui ainda não acabou.*

• • • •

A sirene escandalosa martelou seu cérebro até ela acordar.

Ela ficou de pé, apoiando-se no painel, para o caso de seus joelhos cederem. O estômago revirou-se, tentando escalar esôfago acima num jorro ardente e nojento de ácido, que foi parar no fundo da garganta. Ela engoliu o enjoo, e isso aumentou ainda mais o martelar dentro da cabeça.

Donna Diego sentia-se como se tivesse sido atropelada por um caminhão. A dor era tanta que ela se esqueceu de que estava nua, exceto por uma camada de poeira.

Não, poeira não.

Seu Outro.

*Estamos sozinhos*, pensou.

*Não, nunca estamos sozinhos.*

As sirenes faziam sua cabeça pulsar ainda mais. Estava difícil de pensar.

Os outros hospedeiros de simbiontes se mexeram e foram se levantando aos poucos, resmungando o tempo todo. Ramon Hernandez levantou-se meio zonzo, balançando para um lado e para o outro, com as mãos nas têmporas.

– Que barulho infernal é esse? – resmungou.

Ela chegou mais perto dele para não ter de gritar. Mesmo assim, a sensação foi de falar através de um balde de vidro em pó disfarçado de garganta.

– É o alarme de autodestruição – disse ela. – Este lugar vai explodir.

Trevor Cole também ficou de pé, com dificuldade.

– Quanto tempo temos?

– Não tenho ideia – ela admitiu.

Leslie Gesneria apoiava-se no braço de Cole para não cair.

– Temos tempo suficiente pra escapar? – perguntou.

– Não tenho ideia – Diego repetiu.

– Temos que tentar – respondeu Gesneria. – Não quero morrer numa base abandonada no deserto.

Cole concordou, dando tapinhas no braço dela.

– Ninguém aqui quer, amor – respondeu.

Carl Mach apontou para as portas. Todos se viraram para ver.

Estavam trancadas.

Gesneria começou a chorar.

Diego deu-lhe as costas, incapaz de lidar com a histeria toda. Não com a cabeça latejando no mesmo ritmo das sirenes. Ainda que também não quisesse morrer numa base abandonada no deserto. Tinham de achar um jeito de sair daquela sala. Estavam em cinco e ainda eram soldados. Ela começou a abrir gavetas e armários, procurando algo que pudesse usar para forçar a porta.

– A-há! – ela exclamou, mostrando uma faca do tamanho do seu antebraço.

Apesar da ponta e do gume, o objeto não parecia lá muito afiado. Não obstante, foi com um sorriso que ela deu a volta no painel e seguiu para a porta.

*Isso aqui vai funcionar.*

– Que diabos você vai fazer com isso? – perguntou Mach.

– Isso – ela disse – vai nos tirar daqui.

Diego correu para a porta e meteu a faca numa das frestas. Ela podia sentir o olhar de seus colegas atrás de si. Ficaram todos olhando, imaginando se ela de fato tinha um plano ou se apenas enlouquecera devido à experiência que partilharam.

Cole falou por cima do alarme:

– Eu acho que isso não vai funcionar como você está pensando.

Por um momento, ela quis ir para cima do cara e acabar com ele, mas engoliu a raiva e encontrou, com o dedo, o gatilho da faca sônica.

A lâmina começou a vibrar, com sua energia sonora quicando entre porta e parede, construindo um *loop* vibratório que se duplicou, ficando mais e mais forte a cada pulso. Diego forçou a maçaneta, colocando todo o seu peso ali, para usá-la como pé de cabra. Os outros permaneceram em silêncio, vendo-a lutar com a porta, mas, no instante em que ela conseguiu abrir pouco mais que alguns centímetros, amontoaram-se todos ali, com as mãos enfiadas na fresta, trabalhando juntos para forçá-la a abrir.

O painel estremeceu e deslizou completamente para dentro da parede.

– Venham – disse Cole. – Acho que sei por onde sair.

Ele disparou pelo corredor, com os demais seguindo logo atrás. Diego olhou para a faca sônica em sua mão e pensou que deveria ficar com ela.

Num piscar de olhos, todos já tinham partido. Ela passou um bom tempo sozinha, enquanto os demais fugiam, correndo para escapar da autodestruição instalada e perpetrada pela Fundação Vida.

Finalmente, Donna Diego largou a faca. A arma ainda estava ativa quando atingiu o solo e quebrou a lajota no ponto em que caiu. Quando ela passou por cima da faca para acompanhar seus colegas, um pequeno filamento do simbionte apareceu perto de seu couro cabeludo, no comecinho da nuca.

• • • •

O caminhão trepidava sobre a pista do deserto. As engrenagens rangeram quando os pneus foram erguidos e bateram no chão com o solavanco da onda de choque que passou. Uma rachadura apareceu no canto inferior do para-brisa e correu até o outro lado. Pedras e pedaços de detrito açoitaram o teto de metal da cabine, martelando como granizo.

Um objeto de peso e massa consideráveis acertou o capô, pintando uma faixa de fumaça, e quicou para o lado, deixando ali um amassado grande o bastante para aninhar uma criança pequena. A tinta nele descascou e saiu voando conforme o caminhão seguia a toda velocidade pelo deserto, à frente da tempestade de poeira criada pela explosão.

Phil desejava não ter conseguido o emprego na base. Os benefícios eram bons, o pagamento era razoável, mas, se você resolve trabalhar para uma organização secreta, é bem capaz de flagrar-se no meio do deserto, fugindo da imensa explosão que destruiu seu local de trabalho. Com um filamento de gosma alienígena enrolado na sua garganta.

Tudo que Phil queria *muito*, naquele momento, era ter ficado no emprego em que pilotava uma empilhadeira naquele armazém em San Antonio. Ele deu uma olhada no homem sentado ao seu lado, que ocupava mais da metade do banco, ainda que estivesse recostado na porta. Tinha cabelo loiro cortado rente, queixo quadrado e muito músculo; placas de músculo por baixo das roupas. Um braço imenso estava apoiado nas costas do banco que partilhavam. Desse braço, partia um serpeante filamento preto de... *alguma coisa*, que tinha se enrolado em torno de sua garganta.

Ainda doía para engolir no ponto em que o filamento o apertava para mostrar-lhe quão perigoso era. Seu pomo de Adão parecia ter sido amassado permanentemente.

– P-perdão, senhor. – Ele engoliu em seco. E doeu. – V-você disse São Francisco?

Eddie Brock olhava, pela janela, para a brasa que caía.

– Roland Treece nos traiu, tentou impedir que protegêssemos aquelas pessoas inocentes do parque – disse ele, como se isso significasse alguma coisa para Phil.

Mas não significava nada. Phil achava bonitas as faixas espiraladas que os pedaços de brasa traçavam ao cair; a cena o fazia lembrar-se de algo que poderia ver numa festa. Ele torceu para sobreviver e poder ir a outra festa na vida.

– Ele está prestes a descobrir o seu fracasso – disse Venom. Desviando o olhar da janela, ele se dirigiu a Phil. – Isso aí, motorista. – Apontou para o para-brisa rachado. – Para São Francisco, e pisa fundo. – Ele riu-se. – Temos lugares para ir, coisas para fazer e entranhas para devorar.

Phil torceu para que o homem estivesse brincando.

# MORTE EM SÃO FRANCISCO

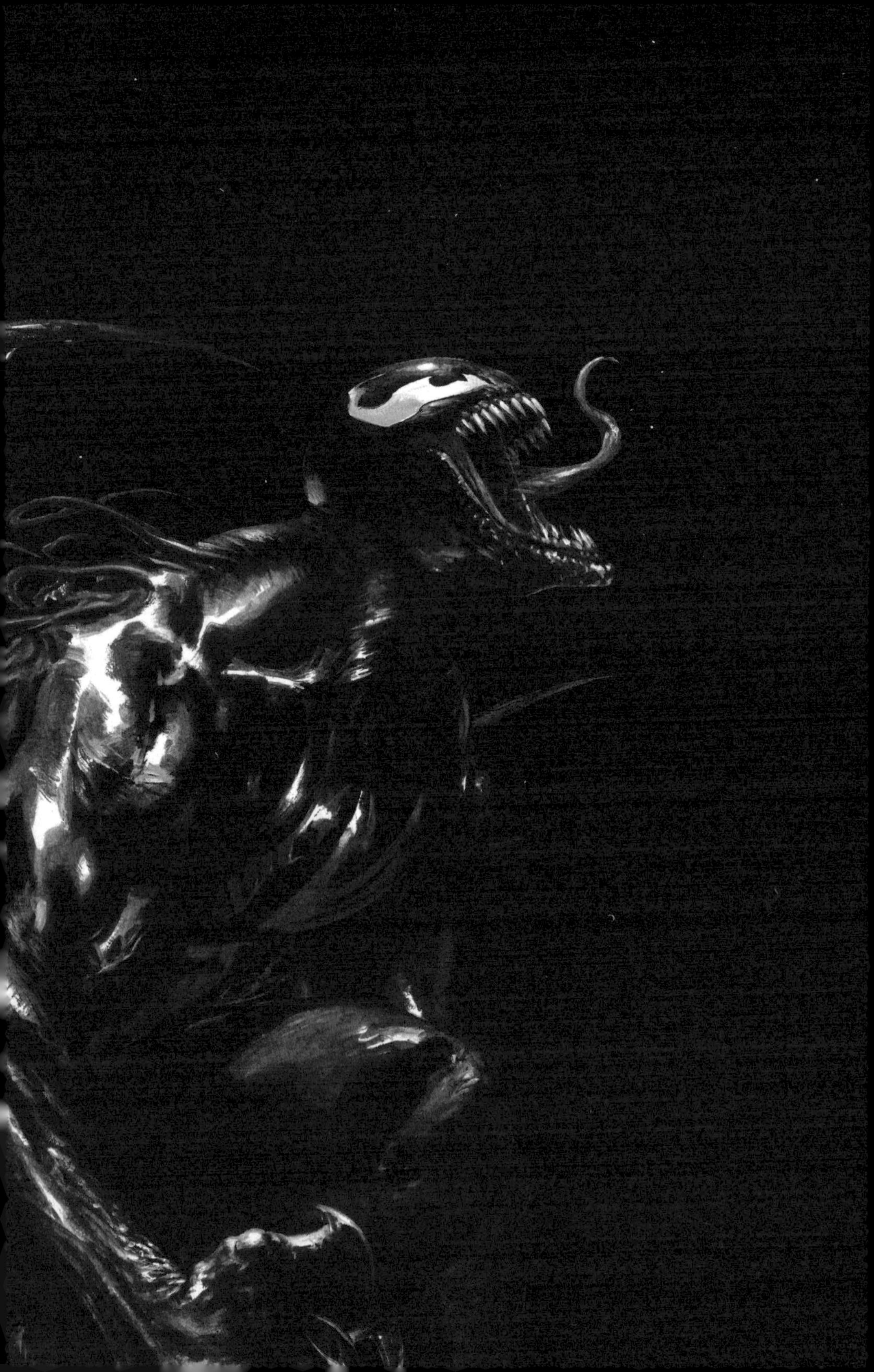

1

## CONDADO DE MARIN
## ÁREA DA BAÍA DE SÃO FRANCISCO, CALIFÓRNIA

– Isso... isso é impossível.

Crane analisava o conjunto de monitores de segurança que cobriam as dependências da propriedade de Roland Treece. Um deles mostrava o guarda da noite, imóvel, esparramado entre os arbustos perto da parede de pedra de quase quatro metros de altura que cercava o terreno.

– Eu projetei pessoalmente o plano de segurança do Sr. Treece.

O monitor seguinte mostrava outro dos homens, de cara no chão, na varanda, diante da entrada principal da casa.

– O posicionamento dos guardas, as câmeras, os feixes de raio...

O terceiro monitor mostrava mais um deles, que lembrava um montinho de roupa suja largada na base da escadaria que levava até o segundo andar.

O andar em que Crane estava.

– Tudo foi levado em consideração. Era perfeito! – Ele não se conformava. – Nada poderia ter passado sem soar uma dúzia de alarmes. Nada...

– *Cof cof*.

Ele virou quando ouviu alguém pigarrear e somente então concluiu o raciocínio:

– ... humano?

Parado na entrada, ocupando a abertura por inteiro, estava a corpulenta monstruosidade com dentes que eram como adagas, as garras afiadas como navalha e a língua que pingava e chicoteava para os lados. Uma figura com a qual Crane já estava assustadoramente familiarizado.

Venom o encarou com seus olhos vazios de Rorschach.

Crane recuou, encostando no console de monitores.

– Você – disse ele. – V-você é aquela coisa. Aquilo que invadiu o prédio de Treece, na cidade.

– Ohhh! – Venom inclinou o rosto e sorriu. – Que doçura. Você se lembra de nós.

Ao entrar na sala, a massa do corpo de Venom foi crescendo a cada passo; o simbionte acrescentou músculos e aumentou o tamanho dele até estar parado diante do chefe da segurança, com saliva escorrendo da gengiva, por entre os dentes inferiores.

– Precisamos de informações – Venom continuou –, e voltar ao quartel-general de Treece é arriscado demais. Então viemos aqui descobrir por que ele se ofereceu para "reformar" um parque de São Francisco, plano esse que pode acabar destruindo uma sociedade de pessoas inocentes que vivem debaixo desse parque.

Ele parou no meio da sala e olhou para os monitores, com as mãos cheias de garras posicionadas num ângulo ameaçador.

– Você vai nos contar... não vai?

Crane enfiou a mão dentro de sua jaqueta preta e sacou uma pistola.

– Não nesta vida!

Com um gesto rápido e ensaiado, o homem ergueu a arma e apontou para Venom. Não chegou a mirar – os dois estavam perto demais para que fosse preciso. Seu dedo acionou o gatilho rapidamente, e ele suportou o coice da arma enquanto liberava todo o pente no peito do oponente. Uma dúzia de balas acertou Venom em cheio, derrubando-o para trás como se ele fosse um boxeador peso pena, no ringue, já amaciado por um campeão experiente.

Vendo o monstrengo recuar cambaleando para a parede, o chefe da segurança aproveitou a oportunidade, disparou porta afora e saiu correndo pelo adornado corredor.

*Anda logo, Crane*, pensou ele. *Você sabe, por experiência própria, que as balas não vão conter aquele monstro por muito tempo.*

O corredor passava por ele num borrão, de tanto que corria. Virando em outro, Crane encontrou o que procurava: uma porta oval de aço de quase dois metros de altura, com um teclado ao lado. Ele digitou uma série de números ali e, com um assovio, o painel abriu-se.

*Consegui*, comemorou, cruzando a passagem. *Como consultor de segurança do Sr. Treece, eu ajudei a projetar esta sala-forte. Ela vai resolver.* Crane virou-se para um teclado similar do outro lado e digitou mais uma série de números. A porta tornou a fechar-se até ser selada com um clique.

*Essa porta de aço maciço foi construída como proteção contra sequestradores. Ela deve ser igualmente eficiente contra...*

Um guincho áspero veio lá de fora e foi ficando mais alto a cada segundo que passava. Então as beiradas da porta de vinte centímetros de espessura foram amassadas como um copo de isopor. Espetos negros a atravessaram, e a divisória foi lentamente arrancada de sua moldura com o rangido alto do metal sendo moldado em formatos para os quais não fora projetado.

– Buuu! – disse Venom, segurando a barreira de aço por cima da cabeça. – Achamos você!

Sua língua ondulava entre as fileiras de dentes afiados quando ele ameaçou passar sorrindo pela escotilha, agora livre. Crane apertou um botão vermelho no teclado ao lado da porta, e uma série de raios vermelhos brilhantes formou uma barreira quadriculada, que bloqueou o simbionte assassino.

– Bela tentativa, monstro – disse ele –, mas essa grade de laser vai cortá-lo em pedaços se você tentar atravessar.

Venom estudou a situação, pendendo a cabeça para um lado e para o outro. Finalmente, ele abriu um sorriso e estendeu o braço.

– Nesse caso, que bom que não precisamos pegar você pra te *ferir*.

Um fino tentáculo da tinta preta que o recobria desenrolou-se das costas de seu punho. Ele se lançou para o ar, passou por entre os raios laser e disparou à frente para enrolar-se no pescoço de Crane como um laço. O filamento deu a volta na garganta do homem, depois se enfiou em sua boca.

– Nós sempre nos perguntamos por quanto tempo um humano consegue viver sem respirar – continuou Venom.

Dois filamentos da gosma preta recuaram e ficaram dançando em frente ao rosto dele por um momento, até que de repente dispararam em direção às narinas, que entupiram por completo.

– Uuum... dooois...

Incapaz de respirar, com a visão já escurecendo e o pânico mordiscando seu cérebro como um roedor faminto, Crane levou uma mão trêmula ao teclado e apertou o botão vermelho, caindo imediatamente de joelhos.

Num piscar de olhos, a grade de lasers desapareceu.

Venom ajoelhou-se diante do homem enquanto a porção de simbionte recuava da boca deste e se enrolava de volta em seu hospedeiro. Crane sugou oxigênio para dentro em violentos espasmos que sacudiram seu corpo todo. Após o que lhe pareceu uma eternidade, a escuridão desapareceu de seus olhos, o pânico cessou e ele se sentiu de volta ao normal. Então ergueu o rosto e deparou com Venom sorrindo para ele.

– Melhor assim – disse o brutamontes. – Agora, sobre aquela informação – ele prosseguiu. – E fale a verdade. Nada de gracinha, nada de bancar o herói.

Como se para deixar bem claras as suas intenções, um novo filamento serpeou pelo ar em direção ao rosto de Crane.

– Ou você não verá o amanhã...

O filamento parou em pleno ar e modelou-se num par de espetos afiados como agulhas, tão perto que chegaram a tocar nos óculos dele.

– ... literalmente!

A voz de Venom era pura alegria. Ele parecia deleitar-se em instigar um medo assim tão bruto. Crane engoliu em seco e fez que sim, e com isso as pontas das lâminas de simbionte deixaram ainda mais arranhões nas lentes.

– O dinheiro de Treece compra a minha lealdade... não a minha vida – disse o chefe da segurança. Após um instante em que reunia os pensamentos, ele continuou: – O que você quer saber começou em 1906 – disse, num tom de narrativa. – Um poder estrangeiro, hostil aos Estados Unidos, enviou um carregamento secreto de barras de ouro para financiar um bando de anarquistas. Eles achavam que, se o nosso governo fosse derrubado, ficaríamos vulneráveis para sermos conquistados... mas eles não contavam com o grande terremoto. Os únicos homens que sabiam do plano de traição morreram nele, e seu dinheiro sujo foi enterrado sob os escombros. Depois disso, a cidade construiu por cima dos destroços. Um parque foi colocado ali, e o ouro permaneceu esquecido por gerações. Mas uns meses atrás, quando adquiriu antiguidades para sua coleção particular, Roland Treece descobriu um documento confiável que mostrava onde o ouro devia ter sido guardado na antiga São Francisco. Usando relatos históricos e reconstituições geradas em computador, ele determinou onde estaria localizado o tesouro e estabeleceu o esquema de reforma do parque para explicar quaisquer atividades de que poderia precisar para reavê-lo. Quando enviou os Escavadores, Treece descobriu que havia gente *vivendo* debaixo do parque.

Venom concordou, pois estava lá quando isso ocorreu.

Crane continuou a falar.

– Visto que o ouro está *tecnicamente* em propriedade pública, a cidade poderia reivindicá-lo... mas apenas se soubesse dele. É por isso que vão explodir cargas ao nascer do sol, aparentemente para nivelar a área para paisagismo. Na verdade, vão ser direcionadas para baixo, para eliminar possíveis testemunhas.

• • • •

Venom rosnou raivoso e meteu um soco no rosto de Crane com tanta força que os óculos dele foram estilhaçados.

– Treece busca riqueza – ele disse a Crane, que sangrava pelo nariz e a boca. O fluido vermelho escorreu até pingar no chão. – Ao custo de vidas inocentes? – Ele se levantou para ostentar sua impressionante altura aumentada de quase dois metros e meio. – Nunca!

Inclinado sobre o chefe de segurança, Venom começou a banhá-lo com teias simbióticas. Uma vez que o homem estava completamente encapsulado e preso ao solo, Venom levantou-se e saiu da sala-forte. Ele pegou a porta de aço – que devia ter o peso de um caminhão – como se fosse brinquedo de criança e enfiou de volta na abertura. O pedaço disforme de aço não quis retornar à moldura que antes ocupava, então foi preciso martelá-lo para ficar no lugar. Os golpes ecoaram pelos corredores.

– Isso deve impedir que esse lacaio do Treece o avise de alguma coisa. – Venom deu meia-volta e partiu. – Está quase amanhecendo; aqueles explosivos serão acionados a qualquer momento. Temos que voltar.

# 2

## SÃO FRANCISCO, CALIFÓRNIA

No parque, a neblina pairava pouco acima do solo, espessa e leitosa, fazendo tudo parecer obscuro e indistinto. Também escalava os galhos de uma árvore, conferindo uma sensação de umidade ao traje de alguém que estava ali acocorado, contemplando sua situação. Além de uns operários e policiais, tudo indicava que ele era a única pessoa na área – o que era de se esperar, visto que o sol começara a nascer.

*Certo... e agora?*, pensou o Homem-Aranha. *Venom e eu tínhamos uma trégua, mas eu não podia deixar como estava; tive que deixar Nova York e vir aqui procurá-lo. No deserto, ele mencionou o nome de Roland Treece.*

Ele se ajeitou no galho, em busca de mais conforto.

*Pelo que vi nas redes sociais, o próprio Treece vai estar aqui hoje de manhã.* Ele tentava avistar detalhes em meio à neblina grossa. *Mas ainda não sei como isso vai me ajudar a encontrar...*

Um movimento vago captou seu olhar. Ele virou o rosto, sem saber direito se tinha mesmo visto alguma coisa.

Mas algo lhe dizia que sim.

Olhando para cada canto do parque, foi examinando as formas obscuras das árvores ao redor. Após um bom tempo, alguma coisa *realmente* se mexeu.

Alguma coisa ligeira, alguma coisa *enorme*.

*Venom?*

• • • •

Ele saltava de galho em galho, pousando e se lançando rapidamente, escolhendo com cuidado somente os mais grossos, que não chacoalhariam demais sob seu peso. Estava contente com a neblina e apreciava a sensação de frescor e maciez que conferia à sua pele. Figuras obscuras moviam-se ao longo da via pública abaixo dele.

– Isso – sussurrava consigo. – Sem fazer barulho. Não podemos perturbar esses bondosos policiais.

Nenhuma das figuras imersas em sombras olhou para cima. Satisfeito por ainda não ter sido notado, ele disparou uma teia numa das árvores mais altas, que devia ser tão antiga quanto o próprio parque. Num salto, ele puxou o filamento e voou para longe das pessoas lá de baixo.

– Teremos mais chances de cumprir nossa missão se ninguém souber que estamos aq...

Das sombras da neblina, veio um míssil vermelho e azul, que colidiu com os pés no peito de Venom, arrancando-o do ar e mergulhando-o para o solo duro abaixo, como um surfista manobrando um *tsunami*.

– Não sei por que você quer matar aquele tal de Treece – disse o Homem-Aranha, sem se preocupar em falar baixo –, mas vou garantir que não consiga!

Os dois caíram pesado, e Venom absorveu a maior parte do impacto, deixando o Homem-Aranha em posição de superioridade. O Atirador de Teias não deu a seu confuso oponente nem uma chance para se recuperar e meteu nele um voleio de socos na cabeça e no rosto. Também não procurou se conter, usando toda a potência de sua força de aranha. O simbionte se espalhava, empurrado pelas pancadas, se soltando do rosto de Eddie como se fosse uma máscara de borracha.

– Eu sabia que não devia ter te deixado à solta! – rosnou o Homem-Aranha em meio às agressões.

*Bam!*

– Você é louco!

*Bam!*

– Sanguinário!

*Bam!*

– Não pode ficar à solta pra...

*Chega!*

Deitado de costas, Venom ergueu o braço para se defender. O simbionte jorrou dali num jato grosso de tinta preta, que envolveu o oponente da cintura ao queixo, derrubou-o para trás, restringiu seus braços e conteve o ataque. O Homem-Aranha se debatia, mas o simbionte continuava jorrando, cobrindo-o cada vez mais, até que ele caiu no chão, mumificado até o pescoço.

Venom levantou-se, ainda tonto por causa dos socos.

– Não temos tempo para isso – disse ele.

Seu atacante estava completamente incapacitado; cada parte de seu corpo, encarcerada numa prisão de gosma. Venom parou diante dele, com braços e pernas musculosos à mostra graças ao consumo de material simbiótico, mas o peito e o rosto permaneciam transformados. Filamentos do invólucro negro ainda ligavam o corpo de Venom àquela camisa de força improvisada.

– Se Treece levar a cabo o plano dele – disse Venom –, toda uma sociedade de pessoas inocentes vai morrer. Sozinhos, eles não terão chance.

Ele se agachou junto do outro. Sua voz passou do rugido alienígena de sempre para um tom mais... sensível.

– Você tem que nos ajudar, Homem-Aranha.

O Atirador de Teias mal podia acreditar no que ouvia.

– Ajudar você?

– Por favor.

• • • •

O Homem-Aranha olhava pasmo para seu inimigo. A expressão no rosto de Venom era de súplica.

*Essa eu não entendi*, pensou ele. *Desde que Eddie se uniu ao traje vivo, tudo que ele sempre quis foi me matar. E, agora que ele pode, ele pede a minha ajuda?*

Sua mente avaliou todas as possibilidades.

*A única coisa que é tão importante pra ele quanto a minha morte é proteger pessoas inocentes. Então, se ele está disposto a me deixar viver, eu tenho que acreditar que ele está falando a verdade.*

– Tá legal, Venom – cedeu. – Pode falar.

# 3

**— TUDO PRONTO, SR. TREECE.**

Roland Treece deu as costas às escavadeiras e retroescavadeiras que cavavam no solo do *playground* do parque. De onde estava, ao lado do trailer da construtora, avaliou suas equipes de segurança alocadas nos arredores. Pareciam todos incomodados, metidos em ternos e engravatados, em meio a poeira, terra e lama.

Ele lhes pagava bem o suficiente para lidarem com isso e não dava a mínima para se estavam ou não à vontade.

Assim como o loiro barbudo à frente, Treece usava capacete de segurança. A diferença era que o capacete do homem estava sujo e gasto, e o amarelo tinha passado para uma cor de queijo duro. O capacete de Treece era novinho, liso e brilhante.

— Excelente, Coppersmith — disse Treece ao homem. — Creio que o *adiantamento* que lhe paguei foi suficiente para garantir que tudo ocorra conforme o planejado? — Treece inclinou-se para o homem, falando num tom sussurrante de conspiração. — Você fez por merecer?

O homem fez que sim tão vigorosamente que a barba roçou no alto do peito.

— Fiz, sim, senhor.

Treece também deixou clara sua apreciação.

— Está tudo arranjado — disse, confiante, o engenheiro. — É só apertar o botão de ignição no trailer de comando, e São Francisco vai ter um despertar dos *diabos*.

— Tenho uma ideia melhor.

A voz surgiu por trás dos homens.

— Que tal deixar a cidade dormir até mais tarde hoje?

Após quase dar um pulo de susto, os dois homens viraram-se e depararam com o Homem-Aranha e Venom acocorados na beirada do trailer feito gárgulas vingativas.

— Na verdade — acrescentou o Homem-Aranha —, eu insisto!

— Nós também — rosnou Venom.

Pelo canto dos olhos, Treece viu um dos guardas sacar a arma e apontar para os invasores. Ele rapidamente ergueu a mão, sinalizando para que o homem parasse.

– Espere! – exclamou. – A polícia conta com o barulho, mas os tiros vão fazê-los vir correndo. Tem outro jeito. – Ele sacou o celular, correu abriu um aplicativo e apertou um botão. – Jenkins! Mande sua equipe pra cá agora mesmo!

Venom saltou do topo do trailer e pousou perto de uma imensa escavadeira.

– Ohhh, que indecisão! – disse, tirando sarro. – Que devemos quebrar primeiro? – Sua língua se balançava toda quando ele falava, soltando fios de cuspe. – Seu nariz, seu pescoço... ou isso aí que você chama de coluna? Que tal tudo de uma vez?

Ele enfiou as duas mãos debaixo do pesado trator de aço. Os músculos incharam sob o traje vivo alienígena. Enquanto ele reunia biomassa, o simbionte o tornou mais forte, e então mais forte ainda. Seus músculos pareceram multiplicar-se, dividindo-se e fazendo brotar mais fibras. De boca aberta, ele grunhiu com o esforço e ergueu a traseira da escavadeira no ar. Pingou lama das esteiras do imenso trator quando ele o sustentou acima da cabeça.

O Homem-Aranha assistia a tudo, embasbacado.

*Eu não sabia que o Eddie era forte desse jeito.*

Francamente, era aterrorizante pensar em alguém instável como Eddie Brock como o detentor de tamanha força física bruta. No tempo em que usara o traje alienígena, o Aranha usufruíra de maior velocidade e força do que de costume – mas aquilo ali era coisa de outro nível.

Haveria um limite para quão forte Venom poderia vir a ser?

Outra ideia aterradora lhe veio à mente: e se o simbionte abandonasse Eddie e se unisse a alguém ainda *mais* poderoso? Alguém como o Rino.

Ou o Fanático.

Ou o Hulk.

Não havia como prever o que aconteceria se o poder elemental de Hulk fosse misturado ao instável simbionte alienígena, tão frequentemente assassino. Era algo simplesmente aterrorizante demais para imaginar, então ele se livrou dessa sensação de espanto e entrou em ação. Fosse lá o que viria a acontecer no futuro, no momento presente ele não podia permitir que Venom esmagasse ninguém – nem mesmo Roland Treece.

Batalhando com todo aquele peso, Venom virou a escavadeira e a apontou para Treece. Antes que o Aranha pudesse alcançá-lo, no entanto, ele perdeu o equilíbrio quando a imensa carga lhe foi arrancada.

– O qu...?

Venom virou-se e encontrou a escavadeira entre as pinças de um Escavador. Outros dois avançavam logo atrás deste, que segurava o trator.

– Ah – disse Venom. – Jenkins, nós supomos. Cão de guarda do Treece.

A resposta veio dos alto-falantes externos do exoesqueleto, num timbre modulado e diminuto em comparação aos rangidos mecânicos do robô.

– Tu é um verdadeiro Sherlock Holmes, parceiro! – Com isso, o Escavador começou a girar, brandindo no ar a imensa escavadeira. – Agora tenta deduzir como vai escapar *dessa*.

Num movimento rápido, o Escavador arremessou o trator contra seu oponente. Venom saltou, esquivando-se, e a imensa lataria passou voando por ele em direção ao solo. A larga pá encravou-se na terra, abrindo um sulco profundo, e a máquina capotou para a frente. Rolando numa trajetória de destruição, a escavadeira foi esmagando caminhões e pilhas de suprimentos até colidir com um caminhão-tanque. O imenso veículo conteve o impulso do choque, mas o impacto amassou o comprido tanque de alumínio e ergueu os pneus.

O caminhão balançou e caiu deitado, de lado.

No amassado, devia haver uma perfuração. O conteúdo do caminhão começou a escorrer para o solo no local em que ele encalhara.

Venom foi para perto de seu ansioso parceiro.

– Nós já enfrentamos esses maquinários, Homem-Aranha – disse ele. – São chamados de Escavadores. Tem homens lá dentro... homens que são qualquer coisa menos inocentes.

Antes que o Aranha pudesse responder, o Escavador virou o braço na direção deles. A ponta girou, fazendo um *clique-clique-clique*, reconfigurando seus implementos em busca daquele que causaria os maiores danos.

– As ferramentas deles podem ser armas formidáveis.

Um aparelho travou na ponta do braço do Escavador – uma série de canos e peças que lembravam vagamente os tubos de um órgão musical. Ele começou a zumbir e vibrar, depois disparou uma rajada de energia pulsante, que fervilhou o ar e acertou o solo. Venom e o Homem-Aranha pularam em direções opostas, escapando por pouco da explosão de terra e lama que voou para todo lado quando a rajada cavou um buraco de mais de um metro de profundidade.

– Essa lâmina sônica, por exemplo – disse Venom.

Como se o tivesse ouvido, o Escavador foi virando o braço, perseguindo Venom em seus movimentos para esquivar-se do disparo. A lâmina foi cavando uma série de trincheiras pelo solo, do caminhão-tanque derrubado até o trailer de comando.

– Então fique longe do alcance dela – berrou o Homem-Aranha. – Vou tentar desviar a mira.

Ele disparou um fluxo de teia no braço da máquina. Acertou bem atrás do aparelho pulsante, travando ali com firmeza. O Aranha firmou os pés e puxou a teia o mais forte que pôde, usando toda a sua força proporcional de aranha. Houve um *PLING* bem agudo quando a súbita torção quebrou alguma coisa dentro do braço do exoesqueleto, fazendo-o girar violentamente num arco de 180 graus. Energia sônica pulsante continuou a jorrar dali, mesmo quando o Homem-Aranha tombou para o chão, despreparado para a súbita liberação.

Um grito o fez virar o rosto para olhar.

Um segundo Escavador cambaleava, o acrílico da cabine esbranquiçado pela fumaça clara que brotava do interior. O robô batia os braços; o direito brilhava com uma espécie de energia azulada condensada numa lâmina gigante, que lembrava uma espada.

*Ah, velho*, pensou o Homem-Aranha. *A rajada sônica acertou o visor daquele outro. O piloto está perdendo o controle.*

Esse exoesqueleto que acabara de ser danificado girou, com a lâmina de energia na ponta do braço fervilhando ao cortar o ar. Ele cambaleou para a frente, mesmo com o piloto lutando para recobrar o controle. A espada de energia acertou o primeiro Escavador pouco acima das pernas. O resultado foi uma espiral grossa de fumaça preta que desprendeu das placas do Escavador, imediatamente liquefeitas sob a energia da lâmina, que atravessou aço maciço como se fosse queijo derretido.

*Isso é o que eu chamo de acertar dois coelhos com uma cajadada só*, pensou o Homem-Aranha.

A metade de cima – que continha o piloto – caiu no solo. Já a de baixo simplesmente cedeu, tendo as juntas das pernas comprimidas, até ficar sentada no chão. Fluido hidráulico, óleo, combustível e outros líquidos jorraram para fora das duas partes como uma chuva imunda, gordurosa e grudenta.

••••

Agachados entre os arbustos, eles assistiam à batalha travada entre Escavadores e super-humanos, ambos embasbacados com as forças puramente destrutivas liberadas no local que um dia fora tranquilo. Um local que eles e os seus podiam usar como entrada e saída para o seu lar. Com o passar dos anos, desde que o Santuário passara a existir, eles foram começando a enxergar o parque como se fosse deles e o tratavam como a maioria das pessoas trata o jardim de frente de casa.

Vê-lo ser arrasado foi de partir o coração.

Algum dia as coisas voltariam a ser como antes?

Ainda que os mocinhos vencessem o confronto, o parque teria sido destruído – e, sem o parque para protegê-lo, o Santuário poderia ser descoberto pelo mundo de fora.

– Ethan – disse Elizabeth. – É-é o Venom, e ele trouxe alguém pra ajudar a enfrentar os capangas do Treece.

– Ele disse que protegeria nossa cidade secreta. – Ethan apontava para o campo de batalha. – Mas, Elizabeth, veja... o caminhão derrubado está vazando combustível.

Ela olhou para onde Ethan apontava e viu o fluxo furta-cor de líquido inflamável que escorria do caminhão-tanque tombado. Galões do combustível formavam finos riachos que escorriam por toda a obra, desaguando nos buracos abertos pelo Escavador.

– Como poderemos avisá-lo? – acrescentou Ethan.

Elizabeth queria desesperadamente fazer isso – ela considerava Eddie Brock um verdadeiro amigo, ainda que os dois não tivessem passado tanto tempo juntos. Ele tinha de ser avisado do perigo que vazava a seu redor, mas ela sabia que, se algum deles pusesse os pés no campo onde rugia a batalha – uma batalha de gigantes –, certamente seria morto.

Sua mão encontrou o braço de Ethan, e ela disse as palavras que mais odiaria dizer naquele momento:

– Não podemos.

• • • •

O Escavador que ele enfrentava estava tentando pulverizá-lo com uma broca de diamante que girava e zumbia. Ele se esquivou, e a broca passou de raspão, para fincar seus dentes no solo e nas pedras aos pés dele.

– Essa broca provavelmente poderia perfurar granito com facilidade – disse Venom.

O braço do exoesqueleto vibrava, sacudindo as placas de aço bem em frente ao seu rosto. Venom travou as mãos em volta dele, fincando as garras no metal.

Usando a mesma força ampliada pelo simbionte que lhe permitira erguer no ar a escavadeira, Venom aplicou pressão, forçando o braço do exoesqueleto para fora do buraco que tinha cavado. Usando posicionamento e força, ele empurrou a ponta da broca para a perna do robô. O metal rangeu ao ser mastigado aos pedaços pelas lâminas de diamante, fazendo chover estilhaços.

– Faz um belo trabalho na sua rótula também! – berrou Venom, contente, por cima da barulheira.

A perna desabou, incapaz de sustentar o peso imenso do restante do exoesqueleto. O piloto trabalhava freneticamente nos controles, tentando compensar, mas os movimentos bruscos causados por suas manobras desesperadas só fizeram o Escavador perder ainda mais o equilíbrio, e ele caiu com força no solo.

Venom sentiu o impacto percorrer suas pernas. Tendo derrotado seu oponente, deu meia-volta e foi procurar Roland Treece.

Em vez disso, deparou com os cinco membros do Júri descendo dos céus.

*Mais essa ainda*, pensou ele.

# 4

**O HOMEM-ARANHA CHEGOU** trazendo dois homens enrolados em teia.

– Quem são esses caras? – Venom perguntou.

– Os controladores dos Escavadores – disse o outro. – Já tentou falar isso bem rápido várias vezes? – Ele sacudiu a cabeça. – Pensando bem, deixa pra lá. – E apontou para o Júri, que se aproximava rapidamente. – Quem são eles?

– Pessoas que querem nos matar.

– Eles têm motivo pra isso?

Venom deu de ombros.

– Eles acreditam que sim, mas nós não seremos impedidos em nossa missão de salvar os inocentes, por mais justa que seja a razão deles.

Essa afirmação colocou o Homem-Aranha numa situação difícil de conflito. Ele queria acreditar que Venom tinha mudado – que era um cara legal agora, que tinha visto a luz –, mas ele tinha feito algumas coisas, coisas terríveis, não fazia muito tempo. Deveria ser perdoado por esses feitos, não importando quais fossem suas intenções atuais?

Peter não sabia.

Queria que o tio Ben estivesse por perto, para perguntar-lhe.

Mas ele não estava. Havia apenas Peter – o Homem-Aranha – fazendo o melhor que podia para estar à altura do exemplo do tio.

Então ele aninhou os homens amarrados sob a sombra do Escavador que Venom tinha derrubado. O pesado equipamento, embora não mais funcionasse, ainda ofereceria abrigo para os pilotos que ele tinha capturado.

Porque, pelo visto, a luta ainda não havia acabado.

– Ainda tem mais um Escavador em algum lugar – disse o Homem-Aranha. – Eu o perdi de vista, no caos e na neblina.

– Ele voltará – disse Venom. – Eles são como moscas. Não tem como livrar-se de todas sem se livrar do cachorro inteiro.

– Acho que não existe esse ditado.

– Claro que existe.

– Você devia dar uma trabalhada nas suas piadas.

– Como sugere que façamos isso?

– Assista mais comédia *stand-up*. Pode fazer uma aula numa faculdade comunitária também.

– Podemos *dar* aulas na faculdade comunitária – Venom retrucou, com um largo sorriso no rosto. – Seremos o professor Venom.

– Viu... Essa foi melhor.

– Nós sabemos fazer piada.

• • • •

O primeiro membro do Júri chegou num voo rasante e usou os propulsores das botas para flutuar no ar, acima deles. Os outros quatro membros se aproximavam também, voando mais baixo, com seus discos flutuantes.

– Não viemos aqui atrás de você, Homem-Aranha – disse ele. – Obrigado pela ajuda, mas nós é que vamos cuidar desse monstro daqui em diante. Pode ir embora.

O Homem-Aranha virou-se para Venom.

– Acho que ele não recebeu o memorando que informava que a gente está trabalhando junto.

Venom deu de ombros.

– Vai ver ele recebeu, mas não acreditou.

– Eu não o culpo. Eu mesmo quase não acredito.

– Suas palavras são de cortar o coração.

Os outros quatro pararam junto do que tinha os jatos propulsores.

– Esse anormal é um obstáculo para o progresso – disse o primeiro. Ele parecia muito uma imitação do Homem de Ferro. Na verdade, todos pareciam, em certo grau. – Isso não será permitido, então saia do caminho ou vai se ferir, Homem-Aranha.

– Qual é a desses caras? – perguntou o Cabeça de Teia.

– Bom, eles têm uns nomes ridículos, então talvez nós não nos lembremos de todos.

– Bem – disse o Homem-Aranha –, quem somos nós para atirar a primeira pedra?

Venom acenou, mostrando o solo rochoso ao redor deles.

– Temos pedras suficientes para atirar... *depois da primeira.*

O Homem-Aranha ficou inconsolado.

– Fala sério, professor Venom.

Venom apontou com uma das garras para o soldado dos jatos propulsores. Estava usando seu talento para se lembrar de detalhes. Sempre lhe fora útil quando estava escrevendo um artigo. Era ainda mais útil quando tinha de lidar com soldados paramilitares que queriam meter sua cabeça num espeto.

– Aquele cara se chama Sentinela – disse ele. – Até onde eu sei, ele só voa mais rápido que os outros. – Venom passou para o seguinte, indicando o inimigo de punhos que brilhavam. – Aquele ali se chama Incinerador e tem luvas de plasma.

O Homem-Aranha apontou para o membro do Júri que tinha a imensa arma giratória acoplada ao peitoral.

– Deixa eu adivinhar, aquele ali se chama Canhão. Ou Arma de Peito.

– Ele é o Bomblast, e agora você não pode mais reclamar das minhas piadas.

O Homem-Aranha assentiu.

– Essa foi *mesmo* bem ruim.

Venom apontou para o membro do Júri que estava um pouco separado do grupo.

– Aquele cara tem uma espécie de raio repulsor e se chama Artilheiro. O que está do lado, de braço de metal, é o Guincho.

– Guincho? Tipo guincho de rebocar carro?

– Guincho.

– Ele faz barulho de passarinho?

– Canhão sônico.

– Então, faz barulho *bem alto* de passarinho.

Abruptamente, o que se chamava Sentinela passou para a frente do bando, equilibrando-se em seus discos flutuantes.

– Vocês não deviam ficar aí tirando sarro dos outros.

Venom virou-se para o Homem-Aranha.

– Ele tem razão. Não devíamos atacá-los com palavras.

Num piscar de olhos, o gigantesco simbionte agachou e saltou. Ele voou pelo ar e colidiu com Sentinela, prendeu-o com as garras e juntou as pernas incrivelmente musculosas em torno da cintura dele.

Venom cobriu o rosto de Sentinela com a mão e puxou para trás, fazendo o soldado pender para a esquerda, em direção ao chão. Ainda em cima do homem, inclinou-se e disparou uma teia contra uma das retroescavadeiras. A teia grudou-se ao pesado maquinário. Venom pegou a ponta com a mão e enrolou bem forte no pescoço de Sentinela, prendendo-o ao solo.

Então, bem de pertinho, disparou uma bolha de teia no rosto do soldado, cegando-o completamente. Garras formaram-se em seus pés e fincaram-se bem fundo nas botas propulsoras. Venom chutou para baixo com toda a força. As travas magnéticas das botas ficaram no lugar, mas o material ao qual tinham sido costuradas rasgou como jornal molhado. Uma das botas parou de funcionar por completo, tornando-se um gotejador de propulsão intermitente. A outra continuou a disparar corretamente, mas girou na panturrilha de Sentinela e o empurrou para o lado.

O soldado tentou recobrar o controle do traje, voando num ziguezague caótico na ponta da teia.

Diante do súbito início do ataque, os outros membros do Júri separaram-se depressa para não serem pegos pelo líder e seu debater-se. Venom soltou-se e desceu numa cambalhota tripla, que lhe renderia a medalha de ouro caso ele fosse um mergulhador olímpico. Ele pousou quase exatamente no mesmo ponto de que partira, bem ao lado do Homem-Aranha.

Com um sorriso largo no rosto, fez uma mesura.

– Ta-ram!

O Homem-Aranha apenas sacudiu a cabeça, inconformado. Desde que inventaram aquela história de trabalhar juntos, era só isso que fazia.

Bomblast passou voando, raspando o solo onde estavam os heróis, forçando ambos a pular dali. O Homem-Aranha deu um salto mortal acrobático e pousou em cima de uma escavadeira tombada. O Jurado deu a volta e retornou para outro voo rasante.

*Venom tem razão numa coisa*, pensou ele. *Nós temos que tirar esses caras do ar.*

A enorme arma acoplada ao peito de Bomblast começou a cuspir rajadas de plasma na direção dele. O Atirador de Teias ficou onde estava, não se esquivou e calculou o vento e a distância cada vez menor entre ele e o oponente. Enquanto as rajadas de plasma acertavam a escavadeira, abrindo pequenos buracos nas placas de aço da máquina, ele soltou uma teia, deixando que o vento a arqueasse para onde ele queria que ela fosse.

A teia agarrou-se aos discos flutuantes que Bomblast tinha debaixo dos pés. Agindo rápido, o Aranha passou sua ponta da teia em torno da estrutura da escavadeira e puxou, colocando tensão na linha com toda a sua força de aranha. Os discos tombaram drasticamente para a frente, com a ajuda do peso frontal do canhão de plasma extragrande.

Subitamente, os discos flutuantes não estavam mais sustentando Bomblast, mas empurrando-o para baixo. Ele começou a balançar os braços em busca de equilíbrio, mas era tarde demais. Ele tombou para a frente, cruzou o próprio eixo e acabou de ponta-cabeça, com os discos o levando para a terra em alta velocidade.

O impacto foi espetacular.

*Mais um já era*, pensou o Homem-Aranha. *Qual vai ser o próximo?*

• • • •

Venom arrancou um pedaço retorcido de metal de um dos exoesqueletos caídos e o arremessou. O projétil voou pelo ar, na direção do Incinerador, como se fosse um míssil. A mira foi certeira, e o movimento, rápido o suficiente para que o Jurado nem tivesse chance de sair do caminho. Em vez disso, ele apontou suas luvas de plasma para o projétil e abriu um rasgo nele com um jorro de aço derretido.

– Bela tentativa, monstrengo – disse o Incinerador. – Agora vou fazer o mesmo com *você*!

Inclinado para a frente, ele mergulhou na direção de seu alvo, com os punhos crepitando de energia. Estava voando tão rápido que deixou rastros gêmeos de luz no ar por onde passava, sob a luz fraca da manhã. Venom pulou, tentando esquivar-se, mas o Incinerador era rápido demais; ele acertou o simbionte entre os ombros com um dos punhos carregados de plasma.

*Dordordor...*

O golpe acendeu uma chama dentro de Venom, fazendo seus nervos gritarem, enquanto o simbionte ardia no ponto em que fora atingido. Venom caiu no chão e girou para evitar mais um soco. O Incinerador pousou no solo, e seus discos flutuantes recuaram para o interior das botas. Indo na direção de Venom, ele alongou os ombros e sacudiu as mãos. Pedacinhos de plasma magenta pingaram na terra, e suas luvas alcançaram a carga total.

Onde as partículas caíam, a terra fervilhava e abria poças.

Deitado e encaracolado no chão, Venom mantinha a mão erguida, numa parca posição de defesa; a aflição evidente no rosto.

– Ah, eu vou gostar muito disso – disse o Incinerador. – Vou te espancar como um filho malcriado e depois vou te entregar, todo arrebentado, pro general Taylor e deixar que ele termine o serviço pelo Hugh.

– Por favor – implorou Venom, escondendo o rosto. – Por favor, não nos machuque. Já estamos feridos demais.

– Agora já era, sua aberração. – O Incinerador inclinou-se sobre seu inimigo abatido. – A sua vaquinha vai pro brejo.

Ele ergueu um punho coberto de plasma e golpeou com toda a força, crepitando energia, fazendo o ar cheirar a ozônio.

Mas Venom entrou em ação.

Num borrão de velocidade e força sobre-humana, ele ficou de pé e envolveu com garras gigantescas os punhos do Incinerador, logo atrás dos emissores de plasma. A energia que crepitava em volta deles causou dor ao simbionte, mas ele teve de suportá-la por poucos segundos.

Ele sorria um sorriso perverso, cara a cara com o Incinerador.

– O que você deveria saber – disse ele – é que nós somos os *donos* desse brejo!

Segurando o oponente como um fantoche, ele começou a usar os dois punhos carregados de plasma contra o próprio homem, socando o Incinerador na cabeça com eles. Rapidamente, as partículas carregadas começaram a derreter o visor e o capacete do Incinerador.

– Pare de bater em si mesmo! – repetia Venom a cada impacto.

Em questão de segundos, o Incinerador ficou inconsciente. Venom deixou o soldado cair a seus pés, onde ele ficou deitado, na terra. Então olhou para o Homem-Aranha, que o observava.

– Que foi? – disse. – Estamos fazendo piada. E estamos gostando!

Então a dupla virou-se para os últimos dois membros do Júri.

• • • •

Artilheiro e Guincho pousaram e avaliaram a destruição perpetrada contra seus companheiros. O Homem-Aranha ergueu as mãos, palmas para fora.

– Olha, vocês não precisam passar por isso. Só porque estão no meio de umas laranjas podres não quer dizer que precisem acabar virando bagaço como elas. – Ele sacudiu a cabeça e gesticulou, negando o que acabara de dizer. – Foi mal, foi mal, me perdoem... Essa foi terrível. Eu faço melhor que isso. – Ele apontou Venom com o dedão e acrescentou: – Esse cara é a *pior* influência.

– Ele é um assassino – disse o Artilheiro. – Não vamos parar enquanto ele estiver vivo.

– Ele matou alguém que vocês conhecem?

– Hugh, o filho do general Orwell, foi uma das melhores pessoas que eu conheci.

O Homem-Aranha virou-se para Venom.

– Isso é verdade?

– Eles dizem que sim. – Após um momento, acrescentou: – É, sim.

Quando Venom admitiu o fato, todas as dúvidas do Homem-Aranha voltaram a incomodá-lo. Onde ele estava com a cabeça ao aceitar trabalhar com alguém que sabia que era um maluco?

– Você se sente mal com relação a isso?

– Não vale a pena ficar remoendo o passado – disse Venom. – Porque eu era uma pessoa diferente naquela época.

– Vamos fazer de você uma pessoa diferente *agora* – berrou Guincho, disparando uma rajada de energia sônica do canhão de seu pulso. – Vamos te transformar num cadáver.

O Artilheiro uniu-se ao colega, disparando seu repulsor na direção do Homem-Aranha. Venom e o Atirador de Teias saltaram para o ar, por cima dos disparos, e pousaram bem na frente de seus agressores.

O Homem-Aranha atirou uma bolota de teia nas mãos do Artilheiro, encobrindo as armas que brotavam da palma de suas luvas. A teia brilhou e fervilhou quando os raios de partículas dos repulsores começaram a derretê-la como se fosse fibra de vidro. Ele teria somente alguns segundos antes que o Artilheiro pudesse acertá-lo à queima-roupa.

Felizmente, só precisou de um desses segundos.

Após disparar uma linha curta de teia na bota do Artilheiro, o Aranha deu um tranco para cima, puxando o pé do soldado para fora. O Artilheiro caiu com tudo. Quando isso aconteceu, seus raios repulsores atravessaram a teia e dispararam para o ar, numa rajada que chamuscou a porção frontal da máscara do herói.

*Uau!*, pensou ele. *Essa foi por pouco. Acho que não tenho mais sobrancelha.*

A rajada repulsora empurrou o Artilheiro para o solo. Antes que ele pudesse reagir, o Homem-Aranha meteu nele um chute que o pegou bem na lateral da cabeça. A força combinada dos dois impactos deu cabo do soldado.

• • • •

Antes que Venom pudesse executar seu ataque, Guincho conseguiu usar o canhão sônico para atingir o simbionte no estômago. A energia sonora pulsante fez Venom sentir como se tivesse levado um golpe de marreta na barriga, mas ele ignorou a dor e atacou com as garras.

Guincho bloqueou a investida com seu braço metálico. Girando-o para fora, ele agarrou Venom pela garganta. Dedos cibernéticos começaram a esmagar a laringe do anti-herói, e a língua de Venom serpeou para fora, por cima dos dentes, para enrolar-se no punho de Guincho. Venom girou, usando todo o seu tamanho como alavanca, e meteu o ombro no peito do Jurado, empurrando-o vários passos para trás.

O canhão apareceu mais uma vez quando Guincho tentou disparar outra rajada poderosa, mas Venom já estava ali, dentro do círculo de alcance do Jurado. Ele meteu o punho bem fundo no estômago do homem, fazendo-o dobrar-se ao meio. Depois trouxe o outro punho sobre sua nuca. Ele não sentiu o estalo, mas Guincho desabou como se o pescoço tivesse quebrado.

– Ele ainda está vivo, né? – perguntou o Homem-Aranha.

Venom inclinou o rosto, como quem se esforça para escutar algo.

– Até onde eu saiba, sim.

O Atirador de Teias ficou em silêncio por um instante, depois perguntou:

– Tem mais de onde vieram esses?

– Não – disse Venom. – Esse é todo o Júri... cinco homens irritados. – Antes que o Homem-Aranha pudesse responder, ele ergueu a mão e apontou. – Mas nós vamos ter que fazer alguma coisa com relação àquilo.

O último Escavador vinha pisando firme por entre a neblina.

• • • •

– Ele arruinou tudo! – berrou Roland Treece. – Vai acabar com o meu negócio, minha reputação, até minha liberdade.

Venom virou-se e deparou com Treece apontando o dedo para ele; o rosto quase roxo de tanta fúria.

– Monstro maldito! Eu posso ter perdido, mas você não vai vencer!

Treece virou e correu para um dos trailers da obra, pulando por cima das trincheiras repletas de combustível que seus Escavadores tinham cavado no solo.

– Ainda vou acionar os explosivos!

– Ele está indo para o trailer de comando – disse Venom. – Vai matar centenas só de birra. – Desesperou-se. – E chama a nós de "monstro"?

O Homem-Aranha saltou por cima da metade superior do exoesqueleto dissecado.

– Eu cuido do Escavador – gritou ele. – Você pega o Treece.

– Isso nós faremos – disse Venom. – E nada no mundo vai nos impedir.

# 5

**VENOM PERCORREU A ÁREA DA OBRA** com um ódio assassino na mente. Atrás de si, podia ouvir o barulho da luta entre o Homem-Aranha e o último Escavador. Foram tinidos, e baques, e marteladas – seguidos por um rugido abafado e um *whuush*.

Ele foi passando por cima de poças e finos veios de líquido brilhante, sem realmente notá-los, ou seu cheiro sedoso e bruto. Em seu caminho, faíscas pousavam a seu redor. Antes que ele pudesse reagir, as poças e os veios transformaram-se em rios e lagos de fogo. As chamas percorreram a trilha de combustível derramado, ardendo em alta temperatura, preenchendo o ar com fumaça preta e fuligem.

O calor das chamas fez o ar dançar em ondas.

– Fogo! – Venom exclamou. – Cercando o trailer, bloqueando a passagem.

Recusando-se a ter sua vingança negada, entretanto, ele correu na direção das chamas, cada passo causando mais dor. O simbionte estava em agonia, e era como se milhões de agulhas ferventes o picassem do topo da cabeça à sola dos pés. Quanto mais perto ficava da barreira de fogo, mais parecia que estava desafiando as chamas do inferno.

Quando chegou à porta do trailer, ele estendeu a mão para a maçaneta. Dançando sob o ritmo da brisa, o fogo ondulava daqui para lá na frente dele. Conforme sua mão se aproximava da porta, a gosma preta do traje vivo recuou por sobre o braço dele, expondo sua pele humana. A dor do simbionte foi combinada à da carne queimada.

No entanto, essa não era sua preocupação principal.

• • • •

Pingava suor de suas sobrancelhas, escorrendo por cima do nariz e encharcando o cavanhaque. A temperatura subia feito um foguete conforme o trailer se transformava num verdadeiro forno. Treece nem queria saber por quê – toda a sua concentração estava focada no botão de detonação em frente a ele.

Tudo se resumia àquele momento. Todo o seu trabalho. Todo o seu sofrimento. Todas as coisas que tinha sido forçado a fazer. As concessões. Os sacrifícios. Foi...

Tudo.

Em.

Vão.

Tudo que ele via em seu futuro eram a humilhação e a cadeia. Isso se lhe permitissem viver. Se ele não fosse morto pelas mãos daquela bizarra monstruosidade alienígena.

É só apertar um botão, e tudo isso acaba, pensou ele.

Um botão...

• • • •

– Homem-Aranha!

Olhando para trás, Venom chamou o Atirador de Teias e viu-o agarrado ao último exoesqueleto, que tentava desestabilizá-lo.

– Não adianta – murmurou ele consigo. – Ele não está ouvindo. – Então ele se voltou para as chamas. – Depende de nós, agora.

Mais uma vez ele estendeu a mão, e mais uma vez o simbionte recuou, gritando em sua mente, implorando-lhe que fugisse – mas ele se recusou a escutar.

– Podemos morrer na tentativa, mas conseguiremos viver se não tentarmos?

O simbionte continuou choramingando em sua mente, por causa da dor e do medo do fogo, mas parou de tentar forçá-lo a sair dali.

– Nós temos que fazer isso! E agora.

O simbionte brotou dos braços de Brock, voando para as chamas, e os dois gritaram em agonia.

• • • •

Seu dedo repousava sobre o botão de detonação.

Não pressionava – só mantinha um trêmulo contato.

– É só apertar um botão e tudo isso acaba – repetia ele sem parar, como um mantra, como se todos os demais pensamentos conscientes lhe tivessem escapado.

Talvez tivessem mesmo. Ele sabia o que tinha de fazer.

– Um botão...

A lataria do trailer explodiu numa chuva de estilhaços. Algo que lembrava uma bola de demolição preta veio destruindo tudo e não o acertou na cabeça por um triz. Roland Treece pulou para longe do painel e caiu no chão, gritando de pânico.

A bola de demolição metamorfoseou-se numa grossa faixa preta, que girou em torno dele, prendendo seus braços junto ao corpo, encapsulando-o numa crisálida viscosa.

– Me solta! – berrou ele, num guincho agudo. – Me solta!

• • • •

– Não solte!

Eddie Brock falava com seu Outro. Estava diante da barreira de fogo, quase nu. O calor chamuscava sua pele nua, causando queimaduras de primeiro e segundo graus. Ele ainda estava conectado ao simbionte, mas boa parte deste tinha se separado do corpo dele e mergulhado para dentro das chamas. O fogo espalhava ondas de dor, e medo, e náusea por todo o simbionte, e tudo isso ecoava em Eddie.

– Ignore as queimaduras – berrou ele. – Não podemos desistir! Não podemos...

Subitamente, ele sentiu peso na outra ponta do simbionte. O objetivo tinha sido atingido.

– ... e não vamos desistir!

Ele puxou com todas as fibras de seu ser, trazendo o simbionte de volta. Ele veio voando através da parede de fogo, ardendo em chamas. Na ponta havia uma massa, uma pupa que continha um ser vivo. Brock caiu de joelhos e puxou-a para perto. Então começou a bater as chamas para apagá-las, enquanto o simbionte fluía de volta para o seu corpo.

••••

O Homem-Aranha derrubou o Escavador no chão.

*Esse é o último...*

*Hã?*

Pouco mais à frente, no terreno, ele avistou Brock, que tentava apagar o fogo de uma massa flamejante do tamanho de um homem. Brock estava totalmente nu, mais uma vez.

*Venom? Em chamas?*, pensou ele.

Rapidamente, o Homem-Aranha passou para a porção frontal do Escavador e agachou-se junto ao visor. O piloto, lá de dentro, olhou para ele com uma expressão de puro horror. Quando o Atirador de Teias ergueu o punho, o piloto levantou as mãos e ficou sacudindo, como se esse gesto fosse capaz de impedir o outro.

– Desculpe, amigo – disse o Homem-Aranha –, mas, parafraseando meu improvável parceiro, "eu não tenho tempo pra isso".

O soco mergulhou como um aríete, estilhaçando o vidro que permanecia entre ele e o piloto. O golpe mandou o cara para a terra dos sonhos.

Depois ele saltou do exoesqueleto para o solo e correu para onde estava Brock, ajoelhado junto de um inconsciente – embora vivo – Roland Treece. O simbionte fluiu por todo o rosto dele, até que mais uma vez Brock estava coberto de preto dos pés à cabeça. Uma fumaça preocupante exalava de seu corpo.

Venom não olhou para o Aranha. Só ficou ali, ajoelhado na terra.

– Eddie? – chamou o Homem-Aranha. – Puxa, você enfrentou o fogo só pra pegar o Treece? Apesar da agonia... Como você conseguiu se submeter a isso?

Finalmente, Venom ergueu o rosto. Ele ficou olhando para o Homem-Aranha por um bom tempo. O que restava de seu cabelo desapareceu, deixando somente os olhos de Rorschach e a boca cheia de dentes.

– Você teria feito menos?

– Bem – começou o Homem-Aranha –, eu...

Sem concluir a frase, Peter ficou em silêncio, totalmente sem palavras, pensando em tudo que tinha acontecido desde que ele chegara a São

Francisco. A pergunta de Venom ecoava em sua mente, e ele deu a única resposta que podia dar.

A única resposta que havia.

– Não.

Um barulho vindo de fora do parque chamou a atenção do Atirador de Teias. Ele contemplou toda a destruição a seu redor. Máquinas, grandes realizações da tecnologia, em toda a sua glória, jaziam em pedaços chamuscados por todo o solo. As chamas, tendo consumido quase todo o combustível, começavam a ceder.

*Sirenes*, pensou ele. *Acho melhor levar Venom sob custódia.*

Peter ficou pensando nisso por um bom tempo.

*Mas por que isso não me deixa... feliz?*

Ele se virou para fazer o que achava que devia.

E descobriu que estava sozinho.

*Ele sumiu.*

O Homem-Aranha saltou para uma árvore e escalou os galhos para tentar encontrar algum rastro. *Ele estava gravemente ferido*, pensou ele, *mas o instinto de sobrevivência deve ter falado mais alto do que a dor. Mais alto até do que a vontade de ficar e matar Treece.*

Da altura e posição em que estava, ele avistou pequenos grupos de pessoas nos arredores do parque, espectadores que tinham ouvido a comoção enquanto se arrumavam para sair para o trabalho e tinham vindo investigar. E não viu Brock nem Venom em nenhum desses grupos.

*E com a habilidade do traje de imitar roupas e cenários, ele poderia estar em qualquer lugar agora.*

*Qualquer lugar mesmo.*

# 6

**ELE TROUXE O TELEFONE** mais para perto do rosto. O mundaréu de gente passava por ele com determinação; ninguém lhe dava bola. Instintos fotográficos, no entanto, o faziam reparar em pessoas interessantes – pessoas que dariam belos retratos.

Como o cavalheiro de mais idade, do outro lado da sala de espera. Tinha cabelo branco encaracolado, e a pele escura portava as rugas profundas de anos de vida. Seu sorriso era brilhante, e ele tinha um olhar vivaz ao contar uma história para o rapaz de ombros largos e atléticos sentado ao lado dele, que ouvia cada palavra, mostrando respeito e honra adequados. Qualquer um dos dois daria um ótimo tema, mas os dois juntos poderiam render-lhe um prêmio.

*Talvez outro dia...*

Ele trouxe a atenção de volta para a conversa que conduzia ao telefone.

– Isso mesmo, Mary Jane – disse ele. – LaGuardia, seis e quinze. Vou pegar um táxi pra casa.

Do outro lado da linha, Mary Jane perguntou:

– Você vai trazer o Eddie com você?

– Hm? Não, ele ainda tá aqui. Aconteceram... – Ele não sabia bem como contar. – Coisas.

– Você tá bem?

– Sim, sim, eu tô bem! – Peter Parker ajustou o telefone na mão e passou-o para o outro ouvido, para poder ouvir melhor em meio à barulheira do saguão do aeroporto. – Houve momentos em que ele podia ter cumprido as ameaças do passado, mas não fez nada. Parecia mais preocupado em salvar inocentes, como ele disse que faria quando fizemos nosso trato – disse Peter, dando de ombros, embora Mary Jane não pudesse ver. – Então acho melhor acreditar nele. Além disso, não posso me mudar pra Califórnia e passar o resto da vida tentando prendê-lo.

– Eu poderia ter dito isso – disse Mary Jane –, mas achei que você tinha que descobrir sozinho.

Ela parecia aliviada, pelo menos.

– É. Com a habilidade que ele tem de se camuflar, seria inútil ficar procurando por ele. E, se eu tentasse, eu sentiria muito a sua falta. – Um anúncio explodiu dos alto-falantes, indicando que o voo dele estava para sair. – Te vejo à noite, amor – disse ele. – Te amo.

• • • •

Os operários da cidade moviam-se com eficiência, abrindo cada vez mais o buraco no centro do parque. Dali removiam caixotes de madeira manchados de preto após décadas enterrados. Algumas pessoas os observavam, mas já fazia dias que trabalhavam, então a empolgação já diminuíra, e somente os mais interessados ficavam por ali para testemunhar.

*Treece surtou*, pensava Eddie Brock. *Contou às autoridades onde estava o ouro. Felizmente, está longe o bastante daquela cidade subterrânea para mantê-la em segredo. Mas isso nos leva à estaca zero. Sem casa, sem propósito, sem futuro. Então o que podemos...*

– Eddie?

Ele se virou e deparou com dois rostos conhecidos.

– Elizabeth? – disse. – Ethan?

Ela se aproximou dele.

– Achávamos que você ia voltar – disse ela.

– O Conselho gostaria de falar com você – disse Ethan. – Pode vir com a gente...?

• • • •

Parecia que todo mundo do Santuário se reunira para o encontro na câmara. Todos apinhados, espremidos de uma parede à outra, para vê-lo defronte Ethan e o restante do Conselho.

– Nós lhe pedimos que fosse embora, Sr. Brock – disse Ethan –, mas isso foi depois que vimos seu primeiro confronto com os Escavadores de Treece. Alguns de nós temiam que você voltasse seu poder incrível contra nós.

O homem falava com uma entonação solene, e Brock não fazia a menor ideia de aonde ele queria chegar. Ethan inclinou um pouco o rosto e sacudiu a cabeça suavemente, por um instante, como se envergonhado das palavras que acabara de dizer. Do que permitira acontecer anteriormente. Após um momento, ele ergueu o rosto e continuou a falar.

– Então contamos a todos o que você fez por nós, como arriscou sua vida para nos salvar daqueles explosivos. Então votamos pela segunda vez e concordamos que queremos que você fique, que seja nosso vizinho, nosso aliado... nosso amigo.

De um canto da sala, veio uma voz amarga.

– Ainda vão se arrepender...

Eddie olhou e viu o homem rancoroso do tapa-olho e colarinho de clérigo.

– Não, reverendo Rakestraw, não vão – respondeu ele, com a voz firme. – Faz muito tempo que não pertencemos a lugar algum e não vamos abusar dessa confiança.

Brock virou-se para o Conselho. Dentro de sua mente, a conexão psíquica vibrava com a felicidade que acabava de encontrar.

– Nós seremos amigos de vocês, e mais – prometeu ele, firme no compromisso. – De hoje em diante, todos os inocentes podem se considerar sob nossa proteção. – Eddie fez um aceno amplo, indicando os presentes na câmara. – E, seja quem for que ousar fazer mal a vocês, terá que responder ao Venom.

## AGRADECIMENTOS DO AUTOR

Agradeço ao pessoal da Titan por correr para fazer acontecer este livro. Vocês são uns *rockstars* – Steve Saffel, CEO, Cat Camacho e Hayley Shepherd. Obrigado ao pessoal da Marvel, que me deixou brincar no seu mundo, Jeff Reingold, Jeff Youngquist e Caitlin O'Connell. Obrigado a David Michelinie pela história para adaptar. Obrigado a todos os criadores que conceberam – ou participaram de algum modo – e criaram o Homem-Aranha e Venom, Mark Bagley, Ron Lim e Todd McFarlane. Obrigado ao pessoal da Dr. No's Wednesday Night Dinners. Agradeço à minha namorada, Mony Coleman, por ser tão amável e aceitar que as noites de encontro passassem a ser noites de trabalho. Obrigado a Sara Edgecomb por segurar as pontas no meu emprego formal para eu ter tempo de terminar o livro. Obrigado à minha agente, Lucienne Diver – você manda muito bem. Obrigado a Peter e Eddie por serem personagens tão profundos que foi possível entrar em suas mentes e criar. E obrigado a vocês, leitores, por serem essas pessoas que leem o livro inteiro, até os agradecimentos. Vocês são demais, e nada disto é possível sem vocês.

**JAMES R. TUCK** escreve todos os livros. Este aqui é um entre dezenas. Ele é mais conhecido pela série *Deacon Chalk*, a série *Robin Hood: Demon's Bane*, *Arrow: Fatal Legacies* e muitos e muitos contos, em muitas e muitas antologias. Ele escreve também a trilogia *Mythos War*, sob o pseudônimo Levi Black.
De dia, ele é tatuador e já trabalhou colocando gente para fora de baladas. Descubra mais sobre ele em: www.jamesrtuck.com

**Compartilhando propósitos e conectando pessoas**
Visite nosso site e fique por dentro dos nossos lançamentos:
www.gruponovoseculo.com.br

- facebook/novoseculoeditora
- @novoseculoeditora
- @NovoSeculo
- novo século editora

gruponovoseculo.com.br

Edição: 1
Fonte: Chaparral Pro